SV

Cees Nooteboom
Der Ritter ist gestorben

Aus dem Niederländischen von
Helga van Beuningen

Suhrkamp

Titel der Originalausgabe:
De ridder is gestorven

Erste Auflage 1996

Druck: Friedrich Pustet, Regensburg
Printed in Germany

Der Ritter ist gestorben

... ein anderes Ziel des Menschen, ein heimlicheres zweifellos, ein in gewisser Art illegales; sein Bedürfnis nach Nicht-Vollendetem... nach Unvollkommenem... nach Niederer-Sein... nach Jugend...

Witold Gombrowicz, Pornographie

I

Sein zerstörtes Leben. Welch ein Unterfangen: Ich gedenke des Lebens meines Freundes, des Schriftstellers. Hier, neben mir, auf diesem Tisch liegen seine Papiere. Notizen in einem unvorstellbaren Durcheinander, halbfertige Gedichte, Tagebücher, Buchfragmente. Und ich habe ihn gekannt, das macht es auch nicht leichter.

Er ist tot, ich stehe an der Spitze eines lächerlichen Tricks, ich werde zum Anführer seines Betrugs, ich beende das Buch, an dem er geschrieben hat. Eine Handlung brauche ich mir nicht mehr auszudenken, das hat er schon getan. Sein Buch sollte ein Buch werden über einen Schriftsteller, der gestorben ist. Ein anderer Schriftsteller schreibt das Buch des Verstorbenen zu Ende. Ein simples Prinzip, wie bei der Krankenschwester auf den Droste-Kakaodosen: Sie hält eine Dose in der Hand, und darauf ist eine Krankenschwester, die in der Hand ... Und so sitze ich hier mit meinen und seinen sich in die Ewigkeit davondrehenden Schriftstellern mit ihrem Tod und den ihnen auf den Fersen sitzenden Schriftstellern, die ihre Bücher zu Ende schreiben, aber sterben, und so weiter.

Warum tue ich das? Weil ich ihn gekannt habe? Das reicht nicht aus. Es muß etwas anderes sein. Er war mehr als sein unsinniger Tod, mehr als die schlechten, jedenfalls unbedeutenden Bücher, die er zu Lebzeiten veröffentlicht hat. Ich wage es, den Rehabilitierungsversuch, den er offenbar unternehmen wollte, für ihn zu Ende zu führen. Die sich daraus ergebende Lüge müssen er – und ich – eben in Kauf nehmen. Mit seinen Worten: Ich habe beschlossen, »ein Zeichen für ihn in seinem ungesehenen Grab zu errichten«, dem ich gestern auf dem Friedhof von Barcelona im letzten Moment noch ausweichen konnte.

Ich werde meine Aufgabe mit Umsicht angehen müssen. Heute beginne ich mit seinem Heldengedenktag. Er heißt denn auch Unser Held. André Steenkamp, Schriftsteller.

Ein belangloses Leben, gequält, freilich durch die falschen Dinge, und eine einzige Liebe oder was dafür durchging, die dieses Leben schließlich auspusten konnte, als die Zeit dafür gekommen war. Ich wiege, was er hinterlassen hat, all die Papiere, die endlosen Wiederholungen, die widersprüchlichen Aufzeichnungen, pathetischen Ausrufe, Dokumente der Ohnmacht und darin eine ohnmächtige Erkenntnis, seine einzige Stärke: daß er begriff, worum es ging. Aus dieser Erkenntnis heraus schrieb er oder, besser gesagt: er notierte. Zum wirklichen Schreiben ist er nicht mehr gekommen.

Er starb, bevor er Schriftsteller wurde, oder weil er es werden sollte und nicht konnte. Auch das ist schließlich möglich. Seine Buchstaben sind immer häßlich, seine Schrift immer zu gequält. Und soviel es auch ist, es ist nicht genug, was er mir hinterlassen hat, ich werde betrügen müssen, meine eigene Phantasie in den Dienst schriller Fragmente stellen, ergänzt durch das, was meine (um soviel gesündere!) Beobachtungsgabe an ihm bemerkte, und dem dann wieder die Extrakte der vielen Geschichten über ihn hinzufügen, denn ich bin wie ein Meinungsforscher herumgegangen. Nur gröbster Opportunismus baut für so jemanden ein Grab. Wenn ich nur daran denke! Ich werde sogar »er sagte« und »er dachte« schreiben müssen! Aber dann hätte er seine Papiere jemand anderem hinterlassen müssen, einem jener emsigen Brüder, die sie zwanzig Jahre später, versehen mit biographischen und anderen, technischen Anmerkungen und Fußnoten, herausgeben. Ich weiß, ich werde mich vielmals dessentwegen schämen, was ich da mit ihm mache.

Doch aus der zeitweiligen Deutschheit heraus, die ich um seinetwillen angenommen habe, werde ich es zu Ende führen, ich schon. Wenn sich dann auch nur für einen einzigen Augenblick sein wankender Geist erhebt, sich wiedererkennt und seiner selbst gedenkt und danach seine Asche einsammelt und für immer ins Land der Helden entschwindet, auf jenes herrliche Gut, wo sie in kupfernen Rüstungen reiten, ohne Ziel, in der Sonne leuchtend und laut singend – oh ja!

2

Er setzt den Fuß auf diese Insel im Februar. Das ist der Monat des Hexensabbats, dröhnende Regenfälle machen die Wege unpassierbar.

Mit dem Zug kommt er in Barcelona an, das alte weiße Schiff der Compañía Mediterránea erwartet ihn und entführt ihn, die Legende setzt ein. Spreche ich noch von ihm? Spricht er von sich selbst? Schreibe ich ihn auf den Platz seiner Hauptfigur, die er auch war, aber inwieweit? Und was ist mit mir?

Das Meer ist grün oder grau oder schwarz, wird mit Peitschen geschlagen. Ich habe keine sonderlich große Lust, auf *alle* seine Vergleiche einzugehen – er hat einige darunter im Stil von: das Meer war grün wie ein Katzenauge, und dann wieder: eine Farbe, so gemein wie Absinth. In diese Kategorie fällt auch seine »wilde russische Kutsche, von einem Zwölfergespann gezogen« (das Schiff). Der Regen schlägt ihm ins Gesicht, aber das findet er herrlich. Die Nacht ist »entzweigebrochen« verschwunden, und in den »großen grauen Hallen der Ferne« taucht die Form der Insel auf, eine Vision. Er ist empfänglich für das Legendäre einer solchen Ankunft, er ist aufgeregt, sein blasses Gesicht ist heroisch erhoben. Wie lange ist es her, daß er zum erstenmal etwas von der Insel gehört hat? Ich war dabei, es war während einer jener geselligen Zusammenkünfte, derer die Literatur unseres Landes so reich ist – ich sah, wie das Wort, der Name in ihn eindrang. Gleich am nächsten Tag hatte er eine Karte von Spanien gekauft, und er zeigte mir den Weg über das blaue Meer zur Insel, ein dünner roter Strich, die Fährlinie, der Strich, an dem entlang er jetzt samt Delphinen, russischen Kutschen und Aufregung zu seiner Insel gezogen wird.

Ein Mann stellt sich neben ihn. Oder, besser gesagt, ich stelle einen Mann neben ihn, allerdings mit Billigung der Ereignisse, wie sie sich tatsächlich ereignet haben. Ein betrunkener Kirchenvater in geweihtem Tweed, wenngleich Maugham ihn anders beschrieben hätte; aus diesem Stall kam er schließlich. Seine schwere Hose wird von einem bunten gewebten Gürtel gehalten, wehendes grauweißes Haar, ertrunkene Augen in einem großen Sack von einem Gesicht, und diese Augen gelb und krank. Sie suchen den Horizont ab mit ihrem altersschwachen Radar. Als die Insel auf dem Schirm auftaucht, bricht eine Art Freude aus in den Hügeln und Tälern dieses Gesichts – er hämmert mit seinem unmöglichen Wanderstock gegen die Reling und sagt, er finde sie schön. Very, very, very beautiful. Er sagt es mit Nachdruck zu André, sie ist sehr schön, die Insel.

Und dann: die Ouvertüre. (Das Thema ist bereits zu hören in ...) Die schallende Stimme schüttet es über unseren Helden: seinen Namen, seine Bewunderung für die Insel und seine Verbundenheit mit ihr. Alles in einem langsamen und sehr affektierten Englisch, das seine Wirkung nicht verfehlt. Ja, sie ist schön, sagt André, sie ist schön sie ist schön, und er denkt, daß er über ihr schweben will, auf ihr liegen will, weil es da geschieht, das Haus *geschieht*, in dem er wohnen wird, das Bett steht, in dem er diese Nacht schlafen wird, die Menschen geschehen, die er kennen wird. (Dies war mein erstes er denkt, und ich merke, daß es mir nicht leicht von der Hand geht. Aber ich werde es ihnen einbleuen, ich kann es nicht ungestraft. Vor allem nicht, wenn ich – in seiner Sprache – Häuser und Menschen *geschehen* lassen muß. Selbst wenn man bereit wäre, es als *seine* Wirklichkeit zu akzeptieren, heißt das nicht, daß man es mit Freude schreibt. Alles, was ich jetzt tue, ist: klarstellen, daß ich das auch nicht tue. Schließlich ist er an all diesen Übertreibungen gestorben. Der einzige Grund, ein letztes Mal, ihm treu zu bleiben.)

Die Stimme des Mannes neben ihm infiziert den Tag mit Mauren und Phöniziern, Griechen, Fundstätten von Weinkrügen und Ölkännchen, Inschriften, Bewässerungssystemen. Zehntes Jahrhundert, achtes Jahrhundert, älter und älter wird die Insel, aufsässig alt, ein Hinterhalt voll staubiger Gräber und Opfergrotten, beherrscht vom Mond, der weißen Göttin, von den Mauren, bombardiert von Mussolinis Flugzeugen, der Bischof, der in den Kleidern einer Bauersfrau vor den Anarchisten ins Landesinnere flieht, während sein Bruder standrechtlich erschossen wird... mit dem Regen, mit dem Wind jenes Morgens berührt es ihn, zugleich mit den Hügeln, die er jetzt deutlicher sieht.

In das Schwarz der Ferne hat sich ein vages Grün geschoben, auch kahle gelbe Flecken sieht er, mitunter Felsen, einen roten Schatten, terrassenartige Äcker und später sogar unter dem wolligsten Grün die Spuren der kahlen Erde, so wie bei alten Frauen zuweilen die Schädelform sichtbar wird. Weiße Punkte, Häuser. Dinge, die sich bewegen, ein kleines Boot vor einem Felsen, es wird größer.

Der Mann neben ihm, der Einweiher, beugt sich zu ihm und nennt, nun schon zum zweitenmal, seinen Namen. Cyril Clarence. There are MANY Dutchmen living on... did you know that? Mah hah, you don't like that, do you? Hah hah, a complete Dutch colony, hah, hah! Let's have a drink and spill some! AS A LIBATION FOR THE GODS. Dieser Satz bleibt bei ihm hängen, das kann ich bezeugen. Er folgt dem alten Mann, sich an der Reling festhaltend, bereitwillig in die Bar. Diese Begegnung rechtfertigt die Erregung nicht, die er in zunehmendem Maße verspürt, denkt er. Doch die Erregung kümmert sich nicht darum: Dies ist das erste Stück des Spiels, das ihm zugeschoben wird, Cyril Clarence, der erste der Heiligen, denen er begegnet, das erste Mitglied des Hofstaats. Und er hat es angenommen, er spielt bereits.

Die Bar ist voll morgendlicher Standbilder, mit an den Gesichtern festgefrorenen Bärten. Es sind die armen, bedürftigen Heiligen, die die Nacht draußen an Deck verbracht haben, ein besitzloser Mönchsorden, der trockenes Brot mit Zwiebeln ißt oder Brot mit Olivenöl, lecker, mit Pfeffer und Salz. Es gibt viele Heilige auf der Insel, Heilige und Dämonen, von einer düsteren, allgemeinen Willensbekundung des Gemeingefühls auf diese Insel entsandt, die im Ruf steht, eine Insel für Heilige zu sein.

Der Engländer wickelt ihn in ein wollenes Gewand aus Geschichten und Fabeln, während er mit seinem bräunlichen Finger zwischen den Standbildern hin und her zeigt, und André nimmt sie auf, die Insel, die Insel. Wie ein richtiger Schriftsteller. Er sieht noch nichts. Sie trinken Absinth, und durch die Bullaugen der Bar rückt die Küste näher. Cyril zeigt und zeigt und spuckt Namen aus: Cala

Pada, Punta Arabí, Cap Roig, Cala d'en Serra, Platja de Talamanca. Plötzlich sagt er »noch eine Viertelstunde« in einem Ton, als käme es ihm dann. Danach erhebt er sich mühsam und singt: »Ich seh dich gleich auf dem Kai« und geht, André in einem Geruch von Heiligkeit zurücklassend, dem fetten, tiefhängenden Rauch einer braunen Zigarette, Ideales. Ideales! Auch die Standbilder ringsum knacken und regen sich. Er bekommt Angst – das werden wir noch häufiger erleben – und geht an Deck. Ganz nah jetzt: eine Festung, hoch oben auf einem Hügel. Das Schiff dreht langsam um einen Pier und läuft in den geschützten Hafen ein. Ihm wird nicht gestattet werden, die Vision dieser Ankunft zu vergessen, eingeklemmt in ein Renaissancegemälde sieht er zu, und der Schädel einer Stadt schaut ihn an, ein hoher, dreieckiger Stapel weißer Häuser mit offenen schwarzen Augen, eine Schädelstätte mit einer mittelalterlichen Kirche obendrauf, altgewordener Sand.

Ich will das nicht, denkt er, ich will das nicht. Am Kai winken und schreien Leute, und auf dem Schiff schreien sie zurück, die Inselbewohner, die auf dem Schiff waren, sind aus ihren Höhlen gekrochen, und ihre Stimmen ergießen sich über die in die Minderzahl geratenen Fremden, lebenswichtige Botschaften, Lockrufe, Kinder werden geboren und Tote begraben in diesem Geschrei, ganze Familien in Trauer gestürzt oder glücklich gemacht mit einem bäuerlichen, langerwarteten Brautbett, und er steht an der Reling, als würde er die Menge gleich segnen. Aber die Botschaften und Ereignisse, die sie umhüllen, fließen an ihm vorbei und über ihn hinweg, sie betreffen nicht ihn.

Er sieht, wie sich der steinerne Kai auf ihn zuschiebt, seine Landkarte ist wirklich geworden, nicht mehr gelb und rot umrandet, sondern grau und naßgeregnet. Alle drängen ihn beiseite, Koffer und Pappkartons schieben und stoßen ihn, das Schiff prallt gegen den Kai, einmal, zweimal, alles wackelt – der Beginn eines Veitstanzes –, die Gangway wird ausgelegt, und ein Stoßtrupp blauer Männer mit Nummern an der Mütze stürzt sich, mozo mozo rufend, auf das Schiff.

Einer von ihnen geht mit ihm in seine Kabine, um seinen Koffer zu holen, es geht jetzt sehr schnell, er verläßt die sichere Hülse des Schiffes. Auf dem Kai riecht es nach Menschen, andere Reisen springen ihn plötzlich an, hektische Filme mit Bahnsteigen voll qualmender wartender Züge, magische Stimmen aus Lautsprechern, die die Wahrheit sprechen, und stets die Vollstreckung des Urteils: ein Taxi, das Hotelzimmer, bis in den letzten Winkel mit sorgsam hergerichteter Stille gefüllt.

Mozo no. 11. Das unrasierte Gesicht unter der viel zu großen Mütze spricht. Er muß zuhören. Pension? Coche? Si, si. Gerufe und Händeklatschen. Dieses Auto ist mindestens dreißig Jahre alt, denkt er, und auf der Stelle wird er selbst älter (ewiger Schwindler), steif und kalt und mit einer dünkelhaften Vergangenheit aus Kolonialdienst, farbigen Hausdienern, Whist und Gicht steigt er ins Auto, zwei Stufen, Hand bleich, locker, kühl in der Schlaufe, schaut durch die schmutzige Scheibe auf den Nacken des Fahrers. Er braucht nicht einmal zu reden. Der mozo, sein geheimer Kammerherr, begleitet, erklärt. Ich möchte, daß das ewig dauert, denkt er. Ein Mann, der aussteigt, an einer Kurbel dreht, dieses Rucken und danach das runde, altmodische Vibrieren, der Krach von 1929, Lili Marleen, ein apokalyptischer Krieg, Bremse, sein Auto brodelt sacht auf dem Feuer, saugt an der Außenluft, fährt los, transportiert ihn. Die Stadt gleitet an den Scheiben vorbei, Männer in Schwarz, Frauen in Tracht, und zwischen den Menschen die spärlichen Heiligen, die ihm einen Schreck einjagen, Bärte und andere geweihte Zeichen, er will es nicht sehen. Das Auto fährt bergauf (aber das ist alles Ouvertüre, komm in Gottesnamen voran mit dieser Geschichte. Natürlich, seine Emotionen in so einem Auto. Und das Stadttor und der Hafen): durch ein römisches Tor, Doppeltüren aus Holz, jahrhundertedick – er wünschte, sie würden hinter ihm geschlossen, ich überstünde dann jede Belagerung. Die Straßen werden enger, sie fahren über Sand, und bei jeder Biegung nach oben ist der Hafen weitergerückt, eine Anekdote. Tief unten in dieser grünen Wanne liegt das Schiff, auf dem er nie war. Plötzlich ist es zu Ende, das Auto hält vor einem niedrigen Haus, eine gebeugte alte Frau wartet an der Tür, die Männer sprechen mit ihr im Dialekt der Insel, und das Urteil wird vollstreckt: Niedrig ist das Zimmer, die Wände sind grau vor Nässe. Über dem Bett hängt ein Jesus, der es nicht mehr aushält vor Schmerzen und dies mit vulgär verzerrtem Gesicht demonstriert. Er hängt sein Taschentuch darüber und sagt: »Abscheulicher Mann.«

Es gibt kein Waschbecken, nur eine Emailschüssel auf einem Holztisch. In der Kanne daneben ist Wasser. Er geht umher und lauscht seinen eigenen Schritten. Sieben bis zum Fenster, und wieder liegt da die Stadt, ein Wasserfall aus Häusern bis hinunter zum Hafen, dann auf der anderen Seite ein schmaler Streifen Land, in dem ein Leuchtturm steckt, dahinter natürlich wieder eine Bucht, Schatten, Hügel. Rechts ist nur noch Meer, fast schon wieder das der Landkarte, das sich aber doch gegen die Felsen bewegt. Links hören die Hügel nie mehr auf, dahinter, da drinnen wuseln die Geheimnisse, Hexen, Schafe, Bauern, himmlisch riechende Feigenbäume. Er lacht sich im Spiegel an, in dem er sich nicht sieht, pfeift etwas, singt und erschaudert.

Die alte Frau klopft an der Tür, sie will fragen, ob er noch etwas benötigt. Ein Glas Wasser. Sie bringt es, und während sie neugierig zuschaut, läßt er zwei gespaltene rosa Pillen hineinfallen und trinkt es. »Tschüs, Mutter«, sagt er und schiebt sie sanft aus dem Zimmer. Danach zieht er sich aus und kriecht zwischen die harten ländlichen Laken im Kupferbett. Unter ihm knarzt und raschelt Seegras, wogt, als zöge noch immer der langsame Sog des Meeres es hin und her, laues, mattes Fächeln in den totenstillen Sälen. Er schläft.

Ach, liebe altmodische Romane, in denen gesagt werden durfte: Jetzt lassen wir unseren Helden einen Augenblick allein und begeben uns nach A., wo zur selben Stunde das Geheimnis seines Lebens entschleiert wird! Er schläft, und Schleier um Schleier fällt von seinem Gesicht, nackt bleibt es zurück. Unter den geschlossenen Lidern rollen die leuchtenden Augen hin und her, schauen Träume, und was sieht er? Die Arme vor der Brust verschränkt, hält er sich krampfhaft fest, behütet sich. Wovor? Vor mir, der ihn jetzt mit seinen eigenen Worten durchdringt? Und dann auch nur Worten, die mir nicht schnell genug gehen, ich hasse diesen ersten Abschnitt und muß wieder auf meine Treue anspielen, um zu erklären, daß ich durchhalte, dieses träge, naturalistische Erzählen, durch das ich ohnmächtig stets seine pathetische Figur sehe, besetzt mit Ängsten, den kindischsten, jemanden, der leidet. Und ich darf ihn nicht erschöpfen, ihm seine Zukunft, die ich jetzt kenne, nicht vorschreien, nein, an seiner eigenen Hand, seine Papiere in meine geklemmt wie der aufrechte Fetischist, muß ich ihm in seiner Geschichte weiter folgen. Er selbst, um die Scham über seine Jugend, die nichts anderes ist als ein Schuldgefühl, weil er gelebt hat, zuzudecken, geht nach der simplen Additionsmethode vor, das ist einfacher, dann ist er zusammengesetzt, und zwar aus so vielen verschiedenen Fotos, daß er selbst verlorengegangen ist, aber selbst dies zu sagen ist eine Form der Entfremdung, also gebe ich ihn sich selbst zurück. Er ist (dies stammt wörtlich von ihm) die Summe seiner Erlebnisse, sie sind in seine Hände gekrochen, haben seinen Augen eine Farbe gegeben, seinen Mund geformt, sprechen mit in seiner Stimme. Aber ihre Beziehung zueinander läßt sich nie mehr ermitteln. Darüber hat er sich gelegentlich gewundert, daß er jede Minute seines Lebens war und daß soviel davon entschwunden war, vom Tisch gewischt, verschwunden in der verschwundenen Zeit, Schabsel seines Wachstums.

Übriggeblieben waren Explosionen, die schrillen Erinnerungen. Aus seiner Kindheit keine Stimmen, kein Spielzeug – nur der Geruch des Bettes seiner Eltern, der einmal, eines Morgens, für immer in ihn eingedrungen ist. Von seinem Vater keine Stimme, kein Laut, nur ein paar Stummfilme. Ein betrunkener Mann schlägt mit einem einzigen Schlag die Platte von einem Tisch. Alle Fotos aus dieser Zeit haßt er – über das Kind, das auf ihnen zu sehen ist, hat er nichts zu sagen, er würde es auf der Straße nicht wiedererkennen. Es ist ein Toter, ein Wesen, das nicht mehr existiert. Drei Fotos später ist er fünf Jahre alt, sechs. Und langsam (das ist Arbeit) kommt das häßliche, viel zu alte Kind auf diesem Foto, gestohlener Moment, gestohlene Kopie eines Teils der Summe, gefährlich, ihm bekannt vor.

An den Augen ist etwas retuschiert, am Mund etwas nachgetönt, an das er sich erinnert. Ereignisse, zwei. Eines ist der schreckliche Sack mit Flugzeugen, der über seinem Haus ausgeschüttet wird. Er wohnt in der Nähe eines Militärflugplatzes, und zwei Tage lang fallen diese Flugzeuge schwärzer und schwärzer über das Haus. Sie heulen, brennen und stürzen sich wieder und wieder auf die allzu grünen sommerlichen Wiesen hinter ihrem Haus. Alles, was er in diesen Tagen anfaßt, vibriert, und er weiß, daß sein Vater ihn deshalb haßt – solange die Angriffe dauern, zittert er, kaltes Wasser hilft nicht. Und dies ist auch fast die einzige Erinnerung an seinen Vater: ein Mann, der sich einen Stuhl auf den Balkon hat stellen lassen und von dort aus rauchend und schweigend den Kämpfen zusieht. Nach zwei Tagen ist es vorbei, und weitere zwei Tage später nimmt sein Vater ihn mit, gemeinsam sehen sie, wie die Deutschen einmarschieren. Die Straße ist breit, die Menschen am Rand sind still, und dazwischen, in der prächtigen Mitte, zieht und rattert die endlose graue Armee.

Was für einen Bezug hat das zu dem Schlafenden im Kupferbett? Wo, in welchem Winkel seines Körpers, stürzen jetzt diese brennenden Flugzeuge nieder, wo wird seine Mutter geschlagen und weint, wo verläßt sein Vater mit stummen Gesten das Haus? Überall, sich zusammenrottend, stellen sich die Erinnerungen ein, immer gegenwärtig, immer mächtig. Soll er sie beschwören, indem er über sie schreibt, oder soll er sein Schreiben durch diese schon so oft demonstrierten obligaten Versuche zur Hygiene verderben, die mit *Schaffen* nichts zu tun haben? Nun gut, darüber braucht er sich keine Sorgen zu machen, Schaffen, ich übernehme das für ihn, für meinen Freund – auch wenn es als Hygiene zu spät kommt. Den Weg zum wirklichen Schreiben wird es für ihn nicht mehr eröffnen. (Wieder aus dem Ton gefallen. Wieder hinein:) Und die anderen Dinge, die nie mehr zu irgend etwas gehören, Straßenabschnitte in keiner Stadt, ein Strand ohne Meer, eine Wiese, auf der man gerade Heu gemacht hat. Auf dieser Wiese liest er ein Buch. Das Buch existiert nicht mehr, aber jede Wiese, auf der Heu gemacht wurde, ist später nur noch *jene* Wiese. Jeder blaue Himmel ist nur noch ein blauer Himmel, der sich in ihn eingekerbt hat, einmal, irgendwo, nie mehr zu ermitteln oder, wie er es ausdrückt, »ertrunken in einer Kehle fetter Wolken«.

Immer erkennbarer werden die Fotos. Es wird Zeit, daß er sie wirklich haßt, so nahe kommen sie, aufdringlich, überzeugt von ihrem Recht auf ihn, ihrem Recht. Ihrem Recht, ihn durch breite grüngestrichene Limburger Tore eintreten zu lassen, flankiert von braven Mönchen in braunen Kutten, aufstehen, jeden Tag, um Viertel vor sechs, in Kapellen schwärmen – Körper werden zerbrochen in kniender Haltung und beten, beten. Da steht er, sich selbst betrachtend in der Kamera wie immer, die vollen blassen Gesichter der Mönche rings um ihn aufgehängt. Der Schriftsteller in der Schule. Und ob! Kavalkaden fröhlich attackierender Erinnerungen stürmen auf ihn ein, diese ganze eigenwillige Welt ohne Welt, Berufungen, Beichten, Gipsköpfe klassischer Schriftsteller auf kahlen Fluren: Der Mund wird ihm gestopft, und als er ihn später als Schriftsteller auftun will, spricht er durch eine Schicht Zucker hindurch, unverständlich sogar für ihn selbst. In sauer riechenden Beichtstühlen wird der Zusammenhang herausgestrichen zwischen seiner kindlichen Onanie und wieder ganz anderen Menschen, die unter anderem auch dafür am Kreuz gestorben sind, und wenn niemand es sieht, hinein in diese Höhle und gebetet, am liebsten auf den Steinen, weh tun muß es, dieser Zug steckte schon früh in ihm. Die Leben der Heiligen, und selbst auch viel sprechen mit Gott und o und ach, ich soll und du weißt, willst du nicht, ich habe, aber vielleicht willst du. Eine samtene Sackgasse, später wird er sich immer darauf berufen, daß er es mitgemacht hat, daß es ihn nicht berührt hat. Nicht berührt hat! Und die endlosen Sitzungen mit dem Freund mit dem zu großen Kopf an der Orgel, süß orgelnd, Bach-Girlanden, nicht berührt. Und das Weinen mit van Eeden unter den Bäumen, nicht berührt. Und Zeit, um Fotos zu machen, ist immer. Zunehmend alberner und blasser wird er unter der grünen Mütze, die seine Gruppe vorschreibt. Um die Mundwinkel herum zeigt sich sein erster Roman, die Haltung seiner Füße bestimmt seine versüßte, abwartende Aggression. Der Schriftsteller, der er werden will, flattert kläglich in diesem Körper herum, komm da mal raus. Nein, wenn ich dieses Gesicht betrachte und bedenke, wie es geworden ist: Viel hat sich nicht verändert, ein paar verstärkende Schichten vielleicht, Plastik, um ihn besser zu konservieren, ich habe seinen hysterischen Ton schon ganz gut drauf. Um ihn herum stehen diese Fremden. Wo sind sie jetzt? Drehen und wenden sie sich an Altären, ihre Geheimsprache murmelnd? Denkbar, alles ist möglich. Wasser sprenkeln auf harte Schädel, mit geweihten Händen heidnisches Kraushaar streicheln, Sünden belauschen, heimliche Horcher. Denken sie an ihn? Sie haben doch dieselben Fotos, schau, Steenkamp.

Aber er hatte auch seine Hilfstruppen: den abendlichen Frieden in den Gärten, die Düfte des Abends. Nebel hängt kühl über dem Fußballplatz. Draußen, jenseits der Mauern, ein Hund, ein Auto, die Glocken des Klosters gegenüber. Und frühmorgens alles hell und klar, der kalte Morgenhimmel ist friedlich. Jedes Blättchen ist mit Wasser bestrichen, und auch das riecht nach Frieden. Die Spaziergänge zum Sumpf, manchmal, an freien Nachmittagen – und die Zeit schlürft es, Kilometer Frieden auf einmal, in sich hinein. Staubige Landstraße, gemalte Bäume, Schilf, brackes Sumpfwasser, Arme voll Blumen,

Suhrkamp Literatur

Isabel Allende · Louis Begley ·
Rango Bohne/Jürgen Becker · Karl Heinz Bohrer ·
Vincenzo Consolo · Tankred Dorst · T. S. Eliot ·
Hans Magnus Enzensberger · Marianne Fritz ·
Juan Goytisolo · Peter Handke · Zbigniew Herbert ·
Hermann Hesse · Thomas Kling · Else Lasker-Schüler ·
Frédérique Lebelley–Marguerite Duras ·
Friederike Mayröcker · Cees Nooteboom ·
Elena Poniatowska · Marcel Proust ·
Gerlind Reinshagen · Augusto Roa Bastos ·
Thomas Rosenlöcher · Martin Walser · Josef Winkler
Gedenkbücher
Polnische Bibliothek · Spectaculum
Jüdischer Verlag

Martin Walser

Peter Handke

Josef Winkler

Martin Walser
Finks Krieg

Roman
320 Seiten. Leinen
DM 42,– / öS 311,– / sFr. 39.–

»Wie oft haben wir den Roman unserer Zeit und unserer Verhältnisse gefordert. ... Walser verfaßt eine Wirklichkeit, wie wir sie in der zeitgenössischen Literatur sehr lange nicht mehr gefunden haben. ... Er hat einen Roman geschrieben, der Bestand haben wird. ... Seit Koeppens Treibhaus 1953 erschienen ist, hat es ein besseres Buch über das leise Verhältnis von Macht und Wahn nicht gegeben.« *Frank Schirrmacher, Frankfurter Allgemeine Zeitung*

Peter Handke
Eine winterliche Reise zu den Flüssen Donau, Save, Morawa und Drina oder Gerechtigkeit für Serbien

136 Seiten. Kartoniert
DM 24,80 / öS 184,– / sFr. 25.80

»Schon lange, nun fast vier Jahre lang, seit dem Ende des Krieges in Ostslawonien, der Zerstörung von Vukovar, seit dem Ausbruch des Krieges in Bosnien-Herzegowina, hatte ich vorgehabt, nach Serbien zu fahren.« Mit dieser Feststellung beginnt Handkes Erzählung seiner Reise nach Serbien, während deren er sich durch eigenen Augenschein ein Bild von Land, Landschaft und Leuten in Serbien machen wollte. Im Fortgang des Berichts zeigt sich, daß dieses Vorhaben alles andere als ein einfaches ist: Die Berichterstattung in den Medien hat selbst die Möglichkeit, die dortige Realität wahrzunehmen, fast unmöglich gemacht. Folglich ist Peter Handke genötigt, sich den Dingen auf seine, ihn kenn- und auszeichnende Weise zu nähern: als Erzähler.

Peter Handke
Zurüstungen für die Unsterblichkeit

Ein Königsdrama
Etwa 120 Seiten. Engl. Broschur
ca. DM 32,– / öS 237,– / sFr. 29.50
(Januar '97)

Die Sonnenzeit geschlossener Horizonte, die Weite einer kleinen Enklave, die

Wandel die Möglichkeit eines friedlichen Miteinanders von Juden und Arabern gezeigt.

Israelische Literatur

Jaakow Shabtai
Onkel Peretz fliegt

Erzählungen
Aus dem Hebräischen
von Rachel Stillmann
(Originaltitel: dod Peretz mamri)
Etwa 272 Seiten. Gebunden
ca. DM 42,– / öS 311,– / sFr. 39.–
(Januar '97)

aakow Shabtai gilt als einer der großen utoren der modernen hebräischen teratur. Seine Erzählungen schöpfen ihrer Mischung von zarter Ironie d leiser Melancholie, von historier Genauigkeit und mystischer tergründigkeit aus der jiddischen ihltradition, deren plastischen rakteren und anschaulichen che, wie wir sie bei Scholem hem finden.

Israelische Literatur

Amos Oz
Dem Tod entgegen

lus dem Hebräischen von
Ruth Achlama
(Originaltitel: Ad Mavet)
va 200 Seiten. Gebunden
1 36,– / öS 266,– / sFr. 33.–
(Januar '97)

ɪeiden thematisch verwobenen ɪgen: *Kreuzzug* und *Späte* gt sich Amoz Oz als meisterhilderer menschlicher Verisen.

Buchmesse: Schwerpunkt Irland

Irisches Lesebuch

Herausgegeben von Gudrun Boch
Etwa 300 Seiten. Gebunden
ca. DM 36,– / öS 266,– / sFr. 33.–
(September '96)

Kein anderes Land von vergleichbarer Größe hat mit seinen Dichtern so viel Weltliteratur hervorgebracht wie die Grüne Insel am Rande Europas.
Die Textauswahl bietet meisterhafte Beispiele aus vielen Genres: Pamphlet, Ballade, Bericht, Autobiographie, Roman, Erzählung und Gedicht, und sie veranschaulicht, wie spezifisch irische Erfahrungen mitgeteilt, dargestellt, parodiert und transzendiert werden.

Buchmesse: Schwerpunkt Irland

Samuel Beckett
Quadrat

Stücke für das Fernsehen
Mit einem Essay von Gilles Deleuze
Aus dem Englischen und
Französischen von Erika und Elmar
Tophoven
(Originaltitel: Quad et autres pièces
pour la télévision suivi de L'épuisé par
Gilles Deleuze)
Etwa 120 Seiten. Gebunden
ca. DM 40,– / öS 296,– / sFr. 37.–
(September '96)

Der Band enthält vier Fernsehstücke, die Beckett zwischen 1977 und 1982 beim Süddeutschen Rundfunk inszenierte – und einen grundlegenden Essay von Gilles Deleuze, der den Weg über das Fernsehen als notwendige Etappe im Schreiben Becketts deutet: wenn die herkömmliche Sprache von sich aus nicht mehr in der Lage ist, die »dahinterliegenden Dinge« sichtbar zu machen.

Buchmesse: Schwerpunkt Irland

Eoin O'Brien
Samuel Becketts Irland

Aus dem Englischen von Wolfgang Held. (Originaltitel: The Beckett Country – Samuel Beckett's Ireland) Mit Fotografien von David H. Davison und einem Vorwort von James Knowlson
Etwa 416 Seiten. Gebunden
ca. DM 78,– / öS 577,– / sFr. 71.–
(September '96)

Mit seiner Fülle faszinierender Einzelheiten erweckt Eoin O'Briens Buch auch Örtlichkeiten außerhalb Dublins zum Leben, die in Becketts Frühwerk eine herausragende Rolle spielen …

Überraschend ergiebig und sehr differenziert in Wort und Bild, unternimmt *Samuel Becketts Irland* die irische ›Erdung‹ Becketts, vor allem aber von Becketts Werk.

Buchmesse: Schwerpunkt Irland

Mary Lavin
In einem Café

Erzählungen
Aus dem Englischen von Katja Scholtz (Originaltitel: In a Café)
Etwa 350 Seiten. Gebunden
ca. DM 39,80 / öS 295,– / sFr. 37.–
(September '96)

Die Geschichten von Mary Lavin, die in diesem Band versammelt sind, »atmen Irland«. Mary Lavin schildert die kleinen Dinge im Leben, die zwar selbstverständlich scheinen, die aber das Leben weit mehr bestimmen, als den meisten Menschen bewußt ist. Und genau dies macht den Zauber wie auch den Wert dieser einzigartigen Erzählungen aus.

Marcel Proust
Frankfurter Ausgabe
Werke II · Band 3
Auf der Suche nach der verlorenen Zeit
Guermantes

Aus dem Französischen von Eva Rechel-Mertens. Revidiert von Luzius Keller und Sibylla Laemmel
Etwa 750 Seiten. Leinen
ca. DM 98,– / öS 725,– / sFr. 89.–
Subskriptionspreis:
ca. DM 84,– / öS 622,– / sFr. 76.–
Leder. ca. DM 198,– / öS 1465,– / sFr. 176.–. (Oktober '96)

Die Frankfurter Ausgabe folgt der 1959 erstmals erschienenen Übersetzung von Eva Rechel-Mertens. Der Text wurde korrigiert und teilweise neu gefaßt. Der neue Titel lautet *Guermantes*.

Der Kommentar unterzieht sich der mühseligen Aufgabe, Daten, Namen und Anspielungen zu erklären, gibt jedoch auch Hinweise zu Erzählstrukturen sowie zum Zusammenspiel der einzelnen Teile, Themen und Stilnuancen.

Polnische Bibliothek

Polnischer Realismus

Ein literarisches Lesebuch von Henryk Markiewicz. Mit zahlreichen Abbildungen. Etwa 320 Seiten. Leinen
ca. DM 36,– / öS 266,– / sFr. 33.–
(Oktober '96)

Die Epoche des polnischen Realismus erstreckt sich von den Anfängen der sechziger bis Ende der neunziger Jahre des 19. Jahrhunderts.

Der Band legt in vielfältiger Form Zeugnis ab von den Tendenzen und Stilen dieser Epoche, die entscheidende Grundlagen legte für die literarische Moderne.

höchstpersönlich gerückt. Die Szenerie ist nicht das literarische Café, sondern das Foyer einer Akademie, die eine hochpolitische Beratung über die Ausbeutung der Kolonien abhält.

Volker Braun
Die vier Werkzeugmacher

Etwa 50 Seiten. Bütten Broschur
ca. DM 19,80 / öS 147,– / sFr. 19,–
(August '96)

Die Historie, schien ihnen, hatte verrückt gespielt. »und sie konnten sich bedanken, daß es nicht blutig zugegangen war ... Die Welt würde sich wundern und zu lachen haben für Jahrhunderte auf ihre Kosten.«
Erzählt wird die komische und grausame Geschichte einer Werkzeugmacherbrigade in der Zeit nach der Wende 1989.

Marianne Fritz
Naturgemäß
I

Entweder Angstschweiß
Ohnend
Oder Pluralhaft
Roman. Etwa 2200 Seiten
5 Bände in Kassette. Handsigniert
Typoskript. Broschiert
ca. DM 500,– / öS 3690,– / sFr. 445,–
(August '96)

Die Prosa der Marianne Fritz kommt einem entgegen und will bewältigt werden, zuerst einmal aber wird der Leser überwältigt: Denn so stellt sich Marianne Fritz den Krieg vor. So soll er Literatur werden.

Else Lasker-Schüler
Gesammelte Werke
in drei Bänden

Band 1: Gedichte 1902–1943
Herausgegeben von Friedhelm Kemp
Etwa 440 Seiten. Leinen
ca. DM 32,– / öS 237,– / sFr. 29,50
Band 2: Prosa und Schauspiele
Herausgegeben von Friedhelm Kemp
Etwa 1232 Seiten. Leinen
ca. DM 64,– / öS 474,– / sFr. 58,–
Band 3: Verse und Prosa aus dem Nachlaß. Herausgegeben von Werner Kraft. Etwa 180 Seiten. Leinen
ca. DM 32,– / öS 237,– / sFr. 29,50

Drei Bände zusammen
ca. DM 98,– / öS 725,– / sFr. 89,–
(Oktober '96)

Mit diesen Bänden erscheint die klassische Ausgabe der Werke von Else Lasker-Schüler neu.

Karl Heinz Bohrer
Der Abschied

Theorie der Trauer: Baudelaire, Goethe, Nietzsche, Benjamin
Etwa 608 Seiten. Gebunden
ca. DM 56,– / öS 414,– / sFr. 51,–
(August '96)

Das Wort »Abschied« gehört zu den umgangssprachlich geläufigsten des Alltags und seiner Psychologie. Karl Heinz Bohrer beschäftigt sich in seinem neuen Buch nicht bloß eindringlich-provokant mit den verschiedenen literarischen Formen des Abschieds. Vielmehr gilt sein theoretisches Interesse dem Abschied als Strukturgesetz.

die dreizehn Jahre später noch falsch und trocken weiterblühen im vergilbten Friedhof seines Herbariums, ordentlich benannt. Jede Minute davon war gültig, war eine Minute, die noch nicht von einer Zukunft aus betrachtet werden, nicht von einer Zukunft lächerlich gemacht werden konnte, autonome Zeit.

Fäden, Bilder, Schemen, Schatten. Die gültige Zeit, die einmal war, die ebensolange dauerte wie die gültige Zeit, die jetzt ist. Wo geblieben? Später kann er Geschichten daraus machen, »als ich zum erstenmal ministrieren sollte, wurde ich krank«, doch was bedeutet ein solcher Satz? Lassen sich darin der Geruch, die Zeit, die Geräusche zusammenfassen? Denn die Erinnerung und die Geschichten, was kann er damit schon anfangen? Sie sind nicht der kalte Morgen im Winter. Sie sind nicht der halbverrückte alte Mönch, der sich murmelnd und rülpsend fertigmacht, um die Messe in der kleinen Kapelle der deutschen Nonnen zu lesen, die das Essen für das Kloster bereiten. Sie sind auch nicht jene Gruppe wackerer Nonnen, die, »schon lange vor der Sonne aus den Betten geweht, jetzt auf vorsichtigen Knien in den Holzbänken eingeklemmt, an Gebeten und Gedanken spinnen, bekümmerte Höhlenbewohnerinnen«.

Er hat dem alten Mann geholfen, das Meßgewand anzulegen, und gemeinsam brechen sie auf kleinen kaukasischen Ponys zu dem hoch in den Bergen gelegenen Altar auf. Er stopft sich den Mund voll mit Latein, und der Mönch und er hauchen es sich gegenseitig zu, Sätze begegnen einander auf den Stufen, auf denen sie kniend liegen, der alte Mann steigt empor, spricht, dreht und wendet sich, und danach will er die Hände gewaschen haben, er will Wein in seinen Kelch, er will knien und beten und Blut daraus machen, trinken, die Nonnen wollen zu ihm kommen, wollen eine Hostie. Jetzt glänzt alles durcheinander, das Glas der Ampullen in seinen Händen, das Gold des Kelches hohl und gebogen dicht unter seinen Augen, die harte, stachlige Goldstickerei auf dem Meßgewand, die dicken, schilfrigen Hände des Mönchs, der Kreuze über der Hostie schlägt, über ihm, über den Vogelartigen – aber dann ist das alles zuviel, schluchzend und zitternd, das wachsbleiche Gesicht mit den hellblau leuchtenden Augen in den Wind geschlagen, flieht er vom Altar, an dem der Priester plötzlich schrecklich allein zurückbleibt, selig wird unter den gequälten Seufzern der Nonnen. Er rennt die Flure entlang und flieht in den Garten. Seine Strafe: Er darf nie wieder ministrieren, als einziger der ganzen Schule.

3

Er schläft. Bei ihm ist es noch Februar, Regen und Wind am Fenster. Bei mir ist es Juni. Auf meinem Spaziergang heute nachmittag sah ich ein Feld mit bereits gemähtem Korn, es duftete nach alten Zeiten. Ich bin geschwommen, mit meiner Taucherbrille. Es war kühl dort unten in diesen ehrfurchtgebietenden Sälen. Tang bewegte sich, Fische glitten langsam und lautlos an mir vorbei. Felshöhlen, besetzt mit Seeigeln und roten Anemonen, Sandflächen, gefältelt wie Saharadünen. Eine glückliche Welt. Selbst langsam, glitt ich in völliger Stille dazwischen durch, über Wiesen und Abgründen fliegend in meinem unaussprechlichen Glück, ab und zu landend auf kleinen Koralleninseln, Fischen zuwinkend, nach Einsiedlerkrebsen in ihren Schalen tauchend. Ich verspürte ein seltsames Verlangen, dort auf dem Grund zu liegen, entspannt wie ein Toter, doch er ist der Tote, nicht ich.

Wie weit bin ich mit seinem Porträt, mit dem Standbild, das ich für ihn errichten wollte? Was habe ich gesagt, wen habe ich beschrieben? Und was, in Gottes Namen, ist wahr an diesem mythischen Schattenspiel, das ich inszeniert habe, an diesen Erinnerungen, diesem nicht verläßlichen Jonglieren mit seinen Ängsten, Fotos, unbestimmten Gefühlen? Wieviele Gerüche, friedliche Abendstimmungen am Wasser, kindliche Qualen habe ich vergessen? War er pathetisch, oder finde ich ihn pathetisch, weil er tot ist? Oder weil er ein toter Schriftsteller ist? Das verzweifelte Gefühl, mit beiden Händen gegen eine Materie zu stoßen, zäh und gefährlich, die nichts preisgeben wird. Sein Leichnam wird immer größer, und wohin ich auch schaue, ich erkenne ihn nirgends.

Fäden, Bilder, Schatten. Er fliegt, angeschossen, aus seinen Schulen in die Welt hinein, die ihn klamm umfängt. Doch es gibt immer Gegengift (gegen Argwohn, mangelndes Talent, vergrößerte Fotos der Einsamkeit), das mit viel Zucker getrunken werden kann: endlose Kisten voller Natur, die vorsichtig ausgepackt, niedergeschrieben, dazugetan werden, Verzierungen am Kragen des tragischen Landmanns.

Wälder, das Geräusch von Bäumen, Weiher, der Mond, der Mond, der Mond, Geraschel, Jahre wird er davon zehren. Keine Menschen, keine Gedanken, nicht einmal er selbst. Tägliches Pilgern zu Naturdenkmälern, das Weihen von Bäumen und Bächen, Poesie, und nicht die beste, bis zum Ersticken eingesogen. Das Arsenal ist unerschöpflich, grünes Wasser, Mittelmeer, Palmen und Zypressen, langatmige Aneinanderreihungen von Poesie ohne Wirklichkeit, ohne Knochen, so finde ich ihn vor, so fand er sich selbst vor, in tödlichem Schock, aber zu spät. Voller Angst, und ohne zu wissen, wovor.

4

Er darf noch nicht hinunter. Noch hat die Wirkung dieser beiden rosa Pillen nicht nachgelassen, noch immer zieht ihre Kraft, einen schweren, trägen Traum hinter sich herschleppend, durch seinen Körper. Klamm und sich hin und her wälzend liegt er in diesem Bett. Ich sitze auf meiner Terrasse, kein Mensch zu sehen, homerische Schemen schwanken und brechen im archaischen Licht, niemand wagt sich hinaus. Die Windmühle auf dem Hügel knarrt und quietscht bei jeder Umdrehung ihres großen Rades, dies und das Meer sind die einzigen Geräusche. Ich sitze und warte.

Ein Ruderboot gleitet langsam durch meine Erinnerung. Ein Mann rudert mich irgendwohin. Wer ist er? Er hat kein Gesicht. Ich weiß, wo es ist. Zu meiner Linken leuchtet das lichtgrüne Wasser des Ozeans. Es muß vor zwei Jahren gewesen sein, im Norden, in Galicien. Ein Fährmann, der mich übersetzt, ich bin sein einziger Passagier. Auf der gegenüberliegenden Seite brennt das Ufer. Warum kommt diese Erinnerung jetzt? Eine Warnung, aber wovor? Der Mann muß Eindruck auf mich gemacht haben, durch seine Gestalt, seine Stimme, eine Geste. Vielleicht hat er gesungen. Aber sein Gesicht ist verschwunden, ich werde es nie wieder sehen. Das Boot rudert davon und nimmt mich mit. Leer bleibe ich zurück, zwischen Stunden, die umherschleichen und etwas zu essen suchen. Was kann ich ihnen Besseres geben als meinen Freund, den ich auch nicht mehr erkenne. Ich habe ihn entstellt, wie die Polen den SS-Oberst, der hier neben mir wohnt, ein aufgedunsener Mann, das Gesicht voller Krater, aufgequollener Fleischkrusten und freundlicher bayrischer Berghänge, wieder freundlich zusammengeflickt.

Er muß hinunter. Irgendwo zwischen den Verstümmelungen, die er sich selbst zugefügt hat, und zwischen den Entstellungen, die ich ihm anschreibe, muß ich seinen klarsten Schatten wiederfinden und ihn bekränzt und geküßt ins Land der Helden entsenden, denn das möchte ich.

5

Er erwacht. Diese Tür kennt er nicht. Sie ist grob gestrichen, wo die Farbe dick aufgetragen ist, zeigen sich nun kleine Risse, und an anderen Stellen scheint das Holz durch, Schimmelflecke. Da ist eine Klinke aus abgegriffenem, geflecktem Eisen, sie hängt lose in einem ausgeleierten, schartigen Loch. Die Wand, die um die Tür herumgewachsen ist, ist mit ungleichmäßigen Strichen geweißt. Graue Feuchtigkeitsflecken, Löcher von verschwundenen Schrauben oder Nägeln, eine unruhige Fläche, die näher kommt und wieder weicht, er liegt im Bett und sieht es sich an, er nimmt an nichts teil.

Das Haus hinter der Tür ist still. Er setzt sich auf, soviel Licht wie möglich flieht, die Wand weicht zurück. Schnell steht er auf und zieht sich an. In der Stadt, die unter ihm hängt, brennen bereits die Lichter, das Schiff, dessen weiße Farbe er noch erkennen kann, stößt zischend Dampf aus und pfeift. Das Wasser, das wie eine Kraft die Insel umschließt, ist schwarz und glitzert – die sich bewegenden Lichter darauf, weiter entfernt, sind Fischerboote, denkt er. Das umflorte Klopfen ihrer Maschinen kann er hören. Er schlägt das Bett zu, zieht seinen Regenmantel an und tastet sich durch das Dunkel des Flurs ins Freie. Es ist kalt, der Wind jagt.

Er denkt: rechts oder links?, entscheidet sich für links,

steigt all die Treppen hinunter, überquert schlammige Straßen, kommt zum Hafen. Dort ist der Wind noch heftiger, springt zwischen den Menschen durch, jagt das Schiff aus dem Hafen und streicht bös über das Wasser, gegen den Strich, und durch André Steenkamps Haar. Er geht den Kai entlang. Überall gibt es dunkle, niedrige Bars, in denen Fischer, wild schreiend, Karten spielen, er weiß nicht, wohin er gehen soll.

»Ein schlechter Ort zum Schreiben«, singt er leise, »ein schlechter Ort, ein schlechter Ort.« Eine breite Allee mit Palmen, Licht aus altmodischen, silbern gestrichenen Laternen, in der Mitte ein durchgedrehtes Standbild, das zum Himmel schreit. Er läßt sich auf einer Terrasse nieder und, Wahrheit oder Erfindung, eine hohe Gestalt mit schmutzigweißem wehendem Haar und entzündeten Augen wankt auf ihn zu. Der Mann, den ich auserwählt habe, ihn einzuweihen. In Wirklichkeit weiß ich nicht viel von seiner Anfangszeit auf der Insel – ein paar schludrige Aufzeichnungen, die darauf deuten, daß er die Runde gemacht hat. Jedenfalls, als ich ihn sah (eine Begegnung, die ich auf diesen Seiten um jeden Preis vermeiden werde), war er eingeweiht – und warum nicht durch Cyril? Noch immer habe ich eine Schwäche für ihn und sehe mit Liebe, wie er sich zu André setzt, den kostbaren Fremden in Beschlag nimmt, einspinnt und mit Geschichten, Geschichten bestreut. Der kostbare, gepflegte Hundekopf hängt schief, die unbeschreiblich kultivierte Stimme erzählt die endlosen Geschichten in der Abendluft, die Augen sind stets irgendwoanders, flattern herum und lassen sich hier oder da nieder, wissen von nichts.

Cyril ist es folglich auch, der ihn am ersten Abend zu Pepe mitnimmt. Dies ist die Reihenfolge. Domingo (clean

Domingo) am späten Nachmittag. Da ist er jetzt. Danach Essen im Formentera oder in der Bar Bahía. Kaffee im Estrellas und dann zu Pepe. Wenn der zumacht, wieder ins Estrellas, zwischen die Karten spielenden Fischer. Der letzte Anlaufhafen ist das Alhambra, der allerletzte das Bagatelle. Der Morgen beginnt stets wieder im Domingo. Alles ist an Riten gebunden, Heiligkeit, um es noch mal zu sagen, wird hier kaum in der Abgeschiedenheit erlangt. O goldene Tage!

Pepe. Da kann er sie alle treffen, sein gepanzertes Teekränzchen, den Nibelungenring: Gordon, Nescafé-Jack, Helmuth, Schramm, North, Ingmar, Nitribitt, Vicente, die beiden Antonios, aber es sind zu viele, viel zu viele, und für ihn bleiben es Schemen in jenen ersten Tagen, auch wenn Cyril herumzeigt und flüsternd die Runde benennt – Namen und Geschichten dieses unbeschreiblichen Stammes, der murmelnd oder schweigend auf den schwierigen Hockern wartet, bis der große abscheuliche Pepe seine Meistergitarre wieder zur Hand nimmt und mit seinen eisernen Nägeln über die Saiten schrappt, sst, sssst. Gekicher der Autochthonen.

Wie ein mißglückter Satrap sitzt der lahme Mann auf einer kleinen Holzbank, das bittere Gesicht wie ein Scherenschnitt vor dem roten Tuch, das seine Frau für ihn über die Wand der Grotte gespannt hat.

Er trägt schwarze Kleidung, die eine Schulter ist höher als die andere, sein Gesicht manchmal sogar betrübt und ausgemergelt, die schlimmsten Krankheiten werden ihm zugeschrieben bis hin zur Zugehörigkeit zur Geheimpolizei. Ein kleiner schwarzer Schnurrbart putzt das Gesicht ein wenig. Das göttliche Instrument ruht auf dem Holzbein. Er nimmt es auf. Stille schmilzt zwischen den Bärten. André schaut verstohlen auf die Hände, vor allem die

Daumen sind greulich und nicht vorzeigbar lang durch die Marternägel.

Cyril hat den Mann übertrieben gegrüßt, um seinen Stammgaststatus zu betonen, und sie haben sich möglichst nahe zu ihm gesetzt, aber jeder sitzt nahe genug bei ihm, denn an den kahlen Wänden hängt sein Porträt, zwanzig, dreißig Porträts, alle schlecht, und zu Recht, kein Gemälde außer einem schlechten könnte dieses überhebliche Gesicht richtig wiedergeben. Es ist in schmutzigem Rot gemalt, mit starren magischen Augen, mit hölzernen Pepeschmerzen, und immer wieder dieses starrende Bildnis, in der Kellermitte überdies Fleisch geworden und – mein Gott! – auch noch Musik machend. Kein Wunder, daß die meisten Frauen hier hierbas trinken, grünen, dick aussehenden Saft, der in den Gläsern brennt und in großen Flaschen voll sich windender, immergrüner Kräuter aus den Hügeln aufbewahrt wird. Solche Trünke werden in Tempeln getrunken. Eine halb gefährliche, abgegriffene Religion hängt in der Luft, doch nicht einmal der Meister weiß das.

Sie bleiben eine Stunde, dann trennt sich eine Gruppe von Cyril-Getreuen von der Menge, verabschiedet sich von Pepe mit innigen Händedrücken und sanften Kniffen in den Arm, der Meister strahlt und flüstert Grußworte aus dem rauhen, Sprache erzeugenden Mundwinkel. Mit Cyril an der Spitze zieht die kleine Prozession dann durch die afrikanischen Gassen. Der Wind zerrt an ihren Kleidern, sie schwenken um große Schlammpfützen, manchmal springt der Mond durch die Wolken, es werden Gespräche geführt, doch André nimmt noch nicht an ihnen teil, sieht hauptsächlich sich selbst in dieser geheimnisvollen Kasbah umhergehen und wittert den Roman. Sie gehen zu Antonio. Gut, denkt er, sie gehen zu Antonio.

Schon von weitem hören sie das dumpfe afrikanische Getrommel der einheimischen Musik, unser Held öffnet den Mund und sieht großartig aus in einer Pose glücklichen Staunens: Das hätte er nicht erwartet.

Der gute Antonio produziert am schweren Holztor sein seltsam erstarrtes Lachen und gräbt aus geheimnisvollen schwarzen Tiefen langsame deutsche Willkommens- und Freundschaftssätze. Was sie zu sehen bekommen, ist rührend genug. In einer Ecke des Kellers sitzen vier alte Männer. Einer hat an seinem linken Arm eine kleine Trommel, auf die er mit einem Stöckchen in der Rechten schlägt. Mit der Linken spielt er auf der dreitönigen Holzflöte. Die Musik ist wild und tragisch, kreist in langen, erregenden Schleifen um den eintönigen, nur hin und wieder leidenschaftlichen afrikanischen Rhythmus der Trommel, der heftiger und lauter wird, als sich die mehr als handgroßen, laut klappernden Kastagnetten und der alte Klang von Eisen auf Eisen daruntermischen. Rasch erobert die Musik jeden im Keller: Die starrenden, begierigen Augen der Fremden isolieren die Männer in ihrer Ecke, und das wird noch schlimmer, wenn gesungen oder getanzt wird, Vogellieder und Vogeltänze, die mit gar nichts in Verbindung stehen, nicht erkennbare alte Laute, und am Ende jeder Zeile ein schreckliches, mekkerndes Tremolo, keiner, der hier sitzt, gehört zu dieser Musik. Auch er nicht, auch er nicht. Langsam und hartnäckig wird er aus diesem Keller, dieser Urzeit vertrieben – selbst die Stille, als das Jagen der Musik aufhört, bringt ihn nicht mehr zurück. Durch irgendeinen Riß in der Mauer ist er verschwunden, der Ritter, und dort hört er auch, mit hundert Echos, Cyrils Stimme neben sich, nein, *sieht* sie – dieses Gesicht ist zehnmal zu groß vor ihm aufgehängt, die Ohren haben irrsinnige Läppchen, lange

Flächen rosa, polierten Fleisches, die mitschwingen, wenn er spricht, wenn er sagt »once I was in Oxford, in a piszwâ, and you know, on the wall in the most BEAUTIFUL italics, it said Dylan Thomas slept here (biuutiful italics it said Dylan Thomas slept here) WHA WHA WHA«, dieses gewaltige Lachen, das die Vogelmusik verjagt und durch den Keller hin und her schallt. Zum erstenmal sieht er den Mann wirklich, und von diesem Augenblick an wird er jeder Geschichte lauschen, jeden Tag, bis die letzte Geschichte in diesem Mund stirbt, denn das passiert auch noch.

Die Musik hat wieder eingesetzt. Die harten, alten Männerstimmen blöken ihre neuen Tierlieder in die tauben Ohren der Fremden. Geht es um Liebe? Um den Mond, die Göttin der Insel? Von den Gesichtern der Fischer läßt sich das nicht ablesen. Weiter und weiter rücken die anderen, André sieht, wie sie sich langsam hinter ihren eigenen Schatten verstecken, er will fort! Eine gewaltige Angst packt ihn im Magen, dreht ihn im Kreis. So allein gelassen zu werden, schon jetzt! Dafür war er nicht auf die Insel gekommen! Er überlegt sich etwas Kompliziertes wie ... die Grenzen meiner Außenseite werden wie eine Schraube angezogen, ich bin es, der daraus verschwindet, aber selbst aus diesem Vergleich ist er bereits gefallen, er ruft Antonio, hat gerade noch Zeit, Cyril zu grüßen, der verwundert und ungläubig zurückbleibt. War das ein Sprung, durch den er jetzt plötzlich draußen ist, allein auf dieser schlammigen Straße, zwischen den niedrigen weißen Häusern in der Stille, in der schon so bald auch der letzte flüchtende Klang der Trommeln nicht mehr zu hören ist?

Diese Angst, diese wahnsinnige Angst. Er geht in Richtung des Hafens, überall hier das Geklopfe und Gehämmere von Motoren. Wenigstens ein Geräusch. Die Fischer fahren hinaus. Schief, stampfend fahren die Boote weg, dunkle Formen und irgendwo darin festgehakt ein rundes gelbes Licht. Er geht den Pier hinauf, bis zu dem kleinen Leuchtturm, um ihnen zu folgen. Geschrei hört er noch oder langes Musikgetute, bevor sie im unsichtbaren Meer verschwinden, wo es zischt und weht. Er beneidet sie, weil er nicht dazugehört. In Gottes Namen, etwas zu tun haben, Fisch fangen, mit irgend etwas nach Hause kommen, nicht mit dieser schäbigen, erniedrigenden Angst, über die nachzudenken er sich weigert. Das einzige, das ihm einfällt, ist Schreiben, und fast muß er sich übergeben, aber wieder und wieder spricht er dieses Wort, hält es im Mund. Auf der Holzbank vor dem Leuchtturm streckt er sich lang aus. Jedesmal streicht das Licht über ihn wie eine silberne, spitze Hand, und er versucht, seine Atmung darauf einzustellen. Wenn das Licht nicht da ist, sieht er die schweren, groben Wolken, die tief über ihn hinwegziehen, von Zeit zu Zeit vom Wind auseinandergejagt und dann ein zerbrochenes, sinnentleertes Sternbild zeigend, den zerrissenen Orion, den verstümmelten Bären. Nach einer Weile wird er ruhiger, ihm wird kalt. Er versucht, nicht ans Schreiben zu denken, und dann versucht er, daran zu denken, wie er immer daran denkt: wie an etwas, das er irgendwann noch tun kann, etwas, das sich von selbst ergeben wird, die Wahrheit, die sich selbst enthüllen und ihn dadurch freisprechen wird. Wovon? Wieder etwas, worüber auf gar keinen Fall nachgedacht werden darf. Aber es wird so werden, daß er es nicht mehr zu hassen braucht, wie er es jetzt haßt, als Schwäche, als Betrug (denkt er). Langsam erhebt er sich, mit sich selbst *als Pose* umkleidet, und geht den Pier hinunter, eine Figur aus einem Roman. Im Dorf, zwischen den weißen Häusern, findet er den Weg hinauf durch das römische Tor, und während er sich durch Sträßchen und Gassen bewegt, in denen er niemandem mehr begegnet, stößt er plötzlich auf seine Pension. Am kleinen Holztisch versucht er noch etwas zu schreiben – einen Satz, eine Idee –, aber völlige Ohnmacht hat ihn befallen, gut zwanzig Blätter füllen sich mit Gekritzel, auf das er dann wieder spuckt und so Flecken macht. Er denkt daran, daß er jetzt ganz allein in diesem Zimmer ist. Ich bin allein im Zimmer. Bedeutet das wieder etwas? Er gräbt ein Mannloch ins Bett, begräbt sich. Erst als sich die ersten fahlen Scheiben wirklichen Lichts hereinschieben, ist er eingeschlafen, ein krummer, plumper Haufen unter einer Steppdecke. Ich weiß nicht, welche Träume ihn jetzt bedrohen und behüten. Besorgt gehe ich zu ihm und schaue. Etwas von der (narzißtischen) Besorgtheit, die er *seinem* Helden zugedacht hatte, hat mich doch infiziert. Aber wieviel zärtlicher hätte *sein* Schriftsteller sich selbst angeschaut. Und wie schaue ich?

6

Wie manchmal, an einem nebligen holländischen Morgen, beim Streifzug über die Heide ein unsichtbarer Jäger weit entfernt einen Schuß abfeuert, und diese kurze, klare Explosion beschreibt, nein, schreibt deutlicher, als man es selbst je könnte, ein Glücksgefühl auf: ich lebe, ich lebe. So etwas Ähnliches ist es, dachte er. Der Morgen war von einer barbarischen, geschliffenen Klarheit – barfüßig stand er auf den roten Fliesen und sah auf das hundertfältige Gesicht der Sonne, auf das Fischerviertel, auf das Wasser, auf Talamanca, den goldenen Strich am jenseitigen Ufer, auf den smaragdfarbenen Sumpf, in dem tote

Schiffe lagen, eine kreisende, angreifende Sonne wie ein Lichtschuß im davonschwenkenden Segel eines Schwarms tauchender Vögel. Er zog sich an und ging hinaus. Die spanische Luft, klar und durchsichtig, umfing ihn wie fröhliches Wasser, in dem die Farben glänzen und die Geräusche von einer so vollendeten, schallenden Klarheit sind, wie man sie im Norden nur in eigens dazu gebauten Räumen hört, dachte er, nie im Freien. Nie und nimmer im Freien.

Der graue, trübselige, der schleppende Tag mit dem auf der Schultafel kratzenden Wind, die Nacht, die tief und düster hereinbricht und keine Erwartungen weckt, und dann plötzlich der nächste Tag, offen und schmetternd, erfüllt von Licht und Geräuschen, jede Minute erfüllt von unbändigem Frieden und Fröhlichkeit, der Mund des Himmels, der geöffnet ist und einen Atem voll heller Geister ausstößt, nur hier, an diesem Meer, lange Trompeten sind gegen die Sonne erhoben und blasen über das Meer, über die Fischer in ihren bunten Schiffen und an die kupfernen Felsen, ins Land, Hirten mit ihren Herden in den hitzeflimmernden Olivenhainen aufstörend und den Wein aus den Trauben pressend.

Er mußte an sich halten, um das letzte Stück zur Unterstadt nicht zu rennen, geradewegs vom hohen Tor zum Markt, wo die kleinen, schwarzgekleideten Frauen der Insel wie gemalt zwischen ihren Waren standen, knallgrüne Pfefferschoten, lange Stränge rostiger setas, rote Tomaten aus Valencia, harte gelbe Zitronen, die steife hellgrüne Endivie der Insel, noch besetzt mit klaren Tautropfen – auf hohen ratternden Karren waren diese Frauen fast noch bei Nacht aus dem Landesinneren hierher gefahren, in schwarzen Tüchern, selbst noch Nacht, und in ihrer Geheimsprache miteinander plätschernd.

Cebollas, naranjas, pepinos, setas, manzanas, limones, toma, toma hombre, está muy barato todo!

Den Weg ins Domingo findet er jetzt von allein entlang den aufgetakelten Dreimastern im Hafen, er läßt sich von einem Zwerg rasieren – Masaje? si! Feuer drauf, eine halbe Flasche wird über seinem Gesicht ausgekippt, danach klopfen und streicheln die kleinen Hände, sein Gesicht wird dem großen mediterranen Glück draußen angepaßt, ein stäubendes Insektenpulver gegen das Unglück erledigt den Rest, für alle Zeiten beschützt geht er ins Freie und fühlt sich jetzt gegen alles gewappnet. Er landet wie eine Taube auf dem Stuhl, den Cyril für ihn freigehalten hat, im Schatten, unter der Palme.

Lieber Cyril! Ein alter Herr aus einem Modemagazin, peau de suède, prince de Galles, Krawatte vom verstorbenen Jacques Fath, und trinkt kleine Flaschen katalanischen Sekt, Pitel.lo. Vier oder fünf leere Flaschen stehen und liegen vor ihm auf dem Tisch, und sein geliebter Vicente kommt bereits wieder mit einer neuen an. André! I have been waiting for you for AUERS! old man! Do have a Pitel.lo. Liebkosend fährt er mit den Fingern über die beschlagene Außenseite des Glases, und dann sitzt er mit einemmal ganz still, wie auf einem schlechten Foto, als fühle er, beraubt zu werden. Und er wird beraubt: Mit Haut und Haar geht er hinein in den gefräßigen Kopf des Schriftstellers, der ihn bereits benutzt und sich dafür haßt. Du darfst hier nicht einfach sitzen, denkt André, es darf wieder nicht sein, du sitzt neben einem Schriftsteller, du wirst beraubt, ich nehme mir, was ich gebrauchen kann, ein gelbes Auge, eine lächerliche Angewohnheit, sieben Miniflaschen Champagner vor acht Uhr. Gleich werde ich es notieren, und dadurch bin ich eher Dieb als Freund, so wie das immer ist: eher Dieb als Geliebter, sogar eher Dieb als Feind. Nicht denken. Er bestellt Champagner, obwohl er weiß, daß er ihn nicht verträgt. Eine Stunde später sitzen eine Menge Menschen an ihrem Tisch, Romanfiguren. Die Palme, unter der sie sitzen, wirft ihren Schatten in die andere Richtung, sie sitzen voll im Licht, übersät von Lichtpunkten, im immensen Rampenlicht saßen die Schauspieler und sagten ... Sind das auch wieder Lügen? Was hat er davon gesehen? Was da war, hat er doch nicht gesehen, konnte er doch nicht sehen? Diese lächerlichen Schritte vor und zurück in der Zeit, die alles, was wirklich ist, ignorieren, verfälschen.

An diesem Tisch: Gordon, NescaféJack, Philip North, Andrew Schramm. Paladine, geschart um den unsterblichen Komponisten Cyril Clarence. Doch für ihn, der dazwischen sitzt und aus zusammengekniffenen Augen auf den unbekannten, staubbedeckten Oleander auf der anderen Straßenseite blickt, auf die unbekannten Umrisse der Häuser auf der anderen Straßenseite und die unbekannte Tür der Compañía Mediterránea, sind es nur diese Namen. Nie wieder wird er die Gesichter sehen, die er zum erstenmal sieht, oder: nie wieder wird er ihre Gesichter zum erstenmal sehen. Was er jetzt sieht, sind die plumpen, unfertigen Formen, Material, aus dem er sie modellieren wird. Ein Stück, ein Fetzen von Gorleys hoher Royal-Air-Force-Stimme, die bleierne, unbesiegbare Gestalt Jacks, der seinen eigenen Nescafé in ein großes Glas gibt und um warme Milch bittet, das zusammengezogene orientalische Gesicht Norths, in dem zwanzig Jahre New York gewütet haben, der lachlustige Schatten von Schramms Genie, der irgendwo wie ein unverletzbarer, verdrossener Vogel über ihrem Gespräch schwebt.

Die Sätze, ihre Bemerkungen, die kleinen Öffnungen, hinter denen sich dann und wann ein Stück Seele regt, die

Filmbilder ihres Gesichts, ein Lichtschein in Norths Brille, auch er ein Schriftsteller, Cyrils Fath-Krawatte, all das zieht durch ihn hindurch wie Heere durch ein leeres Hinterland, das tags zuvor von der Vorhut erobert wurde. Er sitzt da und rührt sich nicht. Sein Auge, dieses gewaltige Organ – er ist es selbst –, ist am Werk, emporgehoben vom Champagner, und da ist auch, an diesem klaren Morgen, der Duft von Haschisch, so daß der Morgen eine weitere Vierteldrehung macht, er gleitet aus dem Tableau und geht die lange, lange Straße hinunter, denn am Ende hat er die Hügel gesehen.

Die Hitze flimmert über der Straße, es muß jetzt fast Mittag sein, seine Schritte sind munter und beinahe schwebend, irgendwo biegt er nach rechts; auf dem von Steinmäuerchen eingefaßten Weg liegt noch der Schlamm der nächtlichen Regenfälle, doch er führt zu den wilden Hügeln in der Ferne, wo die Sonne senkrecht über der roten Erde steht, durch die verwundenen Oliven springt und lange, treffsichere Lichtpfeile auf die niedrigen maurischen Häuser in den grünen Feldern voll wogendem Tabak schießt. Bei jeder Weggabelung entscheidet er sich für die Hügel, und eine Stunde später ist er da und läßt sich keuchend ins scharfe Gras fallen, zwischen die Steine, und zum erstenmal blickt er zurück und sieht das Meer, die hohe Stadt auf dem Hügel, die Felder mit Oliven, die grünen Salzseen wie Schalen voll Gift. Das Licht schmerzt in seinen Augen, so dicht fliegt es ihn an, er hört die Musik, die diese Landschaft in einem Film begleiten würde, schwelgende Pastoralen mit Glockenschlägen und einem tausendköpfigen unsichtbaren Frauenchor mit federigen Stimmen. Er wälzt sich über den Boden, als suche er einen Flecken, auf dem er für immer liegenbleiben könnte, doch Unruhe und zu viele Steine treiben ihn weiter, keuchend klettert er in einem Rutsch zum Kamm des Hügels hinauf, zwischen den wogenden Kiefern. Der Blick aufs Meer ist jetzt weiter – hinter den Salzsümpfen sieht er niedrige Hügel und einen langen weißen Strand, dahinter wieder das Meer, lodernd vor Licht. Als er sich umdreht und landeinwärts schaut, setzen sich da die Hügel fort, Wellengebilde mit hohen grünen Rücken, soweit der Blick reicht, und in dieser erstarrten Bewegung ist er der schauende Mittelpunkt, in dem mit einemmal eine gewaltige Stille anbricht. Vom Licht in Bewegung versetzt, wirbelt die ganze Landschaft um ihn herum, es ist, als werde er aufgerissen, als werde die Wahrheit über ihn selbst mit einer eisernen Feder dazugeschrieben.

Es geht so schnell vorbei, daß er danach ruhig denken kann »mir ist schwindlig« und sich vorsichtig, ein alter Mann, an einen Baum setzen kann. Ringsum ist es so völlig still, daß er sich fragt, ob er geschrien hat.

Warum kommt es schon jetzt? Das Glück verflüchtigt sich aus der Landschaft, es wird weggeworfen, und als er kurz darauf in die Stadt zurückgeht, ist er nur ein Mann auf einer Ansichtskarte.

Zu beiden Seiten von ihm fließt die bunte Kartonlandschaft, seine Angst gerade eben nicht zu erkennen.

Am selben Tag verläßt er seine Pension. Er hat sich daran gewöhnt, mit dieser Angst zu manipulieren und Kuhhandel zu treiben, er weiß, daß er durch wenige kleine Veränderungen – eine andere Wohnung, während des Essens ein Restaurant verlassen – seinen Weggang von der Insel noch eine Zeitlang hinauszögern kann, bis er auch das wieder, in einem größeren Spiel, seinem unsichtbaren Gegenspieler, also sich selbst, zuschieben wird. Der Maler Schramm nimmt ihn liebevoll auf, Etikette unter Heiligen. Er hat ein großes, altes Haus weit außerhalb der Stadt, auf den Felsen. Der gute Antonio (Wie-geht-es-mit-Ihnen-Ich-sehr-viel-Weh-am-Kopf-immer-viel Weh, Schmerz) hilft ihm, seine Koffer und seine Schreibmaschine hinüberzubringen, er braucht sich um nichts zu kümmern, spaziert nur durch den finsteren Schmugglertunnel, der sich unter den dicken Festungsmauern entlangzieht, zu seinem neuen Haus, wo das Geräusch des Meeres ihn keinen Moment mehr allein lassen wird.

In Schramms Haus muß er die Möglichkeit gesehen haben, den Anfang seines Buches zu schreiben, so wenig es auch war. Und natürlich seine berühmten Notizen, das, womit ich arbeiten muß. Er blieb mehrere Wochen da.

7

Der Morgen des langen Tages. Die Sonne scheint in die Wellen, von der Kathedrale auf dem Hügel wehen die klaren Klänge der Glocken zu dem Balkon, auf dem Schramm und André beisammensitzen, zwei Verschwörer aus einem Königsdrama, die wie verrückt auf ihren Schaukelstühlen schaukeln. »Heute nacht«, sagt Schramm, »habe ich geträumt, ich hätte den Auftrag, den Himmel anzumalen. Ich weiß noch gut, daß ich mich mit einer Art verbissener Freude an die Arbeit machen wollte und dabei nur an eines dachte: wie ich die Sonne malen würde. Ich hatte dafür die Mitte des Bildes ausgesucht und mir ein Weiß gemischt, das alle anderen Farben wegfraß. Aber was glaubst du« – er holt tief Luft –, »jedesmal, wenn ich mit der Sonne anfangen wollte, entstand genau an der Stelle der riesigen Leinwand ein Loch. Ich wachte auf, mit verkrampften Händen, und fing an zu malen.« André hatte das Bild bereits gesehen, aber noch nichts zu sagen gewagt. Es war ein leuchtendes Kraftfeld, in dem an bestimmt zehn Stellen das Wort Sonne geschrieben war. SUN SUN SUN SUN SUN SUN SUN.

Schramm dreht den Stuhl in seine Richtung, beugt sich mit seinem Habichtsgesicht über ihn und fragt: »Warum schreibst du nicht? Du tust nichts. Du gehst in dein Zimmer, du kritzelst, du stehst wieder auf und gehst weg, du seufzst, das sehe ich, du kommst blaß heraus, o, o, das ist schlecht. Du mußt arbeiten!« Dies sind Schramms Geständnisse, unter Seufzern preisgegeben, aber nützlich. Diese Erinnerungen waren nicht heroisch genug, um vom Schriftsteller *selbst* bewahrt zu werden. Ein kollegialer Verweis trägt schließlich nicht viel bei zu kosmischer Niedergeschlagenheit. Unsinn.

André erhebt sich und tritt an die Balkonbrüstung. Schramm folgt seiner dünnen, etwas gebeugten Gestalt und fragt sich, ob es die Sonne ist, die diese Augen so seltsam leuchtendblau wirken läßt – als ob es Glasaugen wären, die alles Licht der Welt fassen könnten. Das Gesicht rund um diese Augen leidet darunter, ist schwach und vage – ein Gesicht, das bewußt die Emotionen abwehrt, die es prägen könnten. Oder abzuwehren versucht. Der Schriftsteller macht eine lange Kreisbewegung entlang der Balkonbrüstung, wendet sich wieder Schramm zu und sagt: »Ich kann nicht schreiben.« Schramm: »Warum nicht?« »Ich lüge, wenn ich schreibe. Oder ich habe kein Leben. Entweder ist mein Leben echt oder das, was ich schreibe, ist echt. Ich kann diese Spaltung nicht...« das Gespräch schweift ab, über das glitzernde Meer. Schramm beginnt leise zu kichern und heftiger zu schaukeln, richtet dann seine lange vogelartige Gestalt auf und geht flügelschlagend ins Haus, wo er sich vor sein Riesengemälde hockt. Jetzt darf man nicht mehr mit ihm sprechen.

Manchmal sitzt er Stunden so da und lauert auf seine Bilder, als flöge er darüber, und irgendwo da unten, auf diesem leidenschaftlichen Grund, verberge sich eine Beute.

Einmal hat André gefragt, ob er etwas tun dürfe. Der Maler hat genickt, und André malt irgendwo an den Rand einer violetten, geschwulstartigen Explosion einen kleinen, kriecherischen Streifen Gelb. Prüfend schleicht er sich zurück, um die Wirkung zu betrachten, erschrickt aber, als der Maler sich drohend und rachsüchtig aufrichtet und den gelben Schlenker mit Violett übermalt und ihn danach vergißt, wie auch jetzt wieder.

Unser Held steht noch einen Augenblick unschlüssig an der Ateliertür, sieht, wie sich der Maler in sein Werk zurückzieht und abweisend wird – und geht durch sein eigenes Arbeitszimmer hinaus auf die Straße. In diesem Arbeitszimmer bleiben Papiere auf dem Tisch liegen. Er beschließt, nicht den Schlammweg in die Stadt zu nehmen, sondern statt dessen über den Hügel zu gehen. Wie immer versucht er, den Aufstieg in einem Rutsch zu bewältigen, keuchend steht er auf der Hügelkuppe, blickt hinunter auf die Platte des Meeres, sieht sein eigenes weißes Haus und überlegt, daß Schramm jetzt in diesem afrikanischen Kubus an der Arbeit ist. *Er macht gerade ein Bild.* Ein Gefühl der Scham und des Neides überkommt ihn, und mit einem Ruck dreht er sich um, tritt gegen die großen Kakteen, die dort stehen, und rennt dann den Hügel auf der anderen Seite wieder hinunter, wobei er die Schafe, die unter den Oliven grasen, mit wildem Satyrgekreisch aufschreckt.

Vom Dorf her hört er die kupfernen Schreie von Marschmusik, Menschentrauben ziehen in Richtung der Vara del Rey, der Hauptstraße, woher auch die Musik kommt. Mit großer Mühe gelangt er durch eine immer dichtere Menge zu Domingos Terrasse.

8

Auch da herrscht Aufregung. Cyril ist gekleidet wie für ein Bootsrennen. Das Heruntergekommene und Entzündete ist verschwunden, er sitzt wie eine wundersame polychrome Statue zwischen den verschlissenen Gestalten von North und NescaféJack und schaukelt vor Freude auf seinem Stuhl herum. »The day of the AHRMY«, ruft er André bereits von weitem zu und zeigt auf die schneidigen Offiziere, die, von Frauen und Kindern umringt, auf dem breiten Mittelstück der Straße paradieren, große violette Schärpen schräg über der Brust, behängt mit den prachtvollsten Orden, goldene Ledergürtel um die Mitte, hohe blinkende Stiefel.

»Now look, it is a fiesta today, a fiesta of the AHRMY! Now just look at the lovely things!« Sogar die greulichsten Soldaten tragen weiße Handschuhe zu ihren schlammfarbenen Lumpen, der Marinekommandeur kommt in Brautweiß vorbei, auf dem das eiserne Kreuz die Schlichtheit auf die Spitze treibt. Er grüßt leutselig mit seinem Stöckchen zu den Fremden hinüber, und North zieht seine gräßlichste Lache ab und sagt fuck Franco, Señor Comandante! Rituelles Kopfnicken aus Dankbarkeit.

Die verworrenen Ereignisse beginnen sich zuzuspitzen. Das allgemeine Glücksgefühl hat jetzt auch die Fremden erfaßt, auf allen Tischen scheint die Sonne in den Pitel.lo. Mit der Zeit scharen sich immer mehr Leute an der Ecke beim Kino neben dem Alhambra zusammen: Gegenüber liegt das schlammige Gebäude der Militärkommandantur, in das die Offiziere jetzt eintreten. Polizei in fahlblauen Uniformen räumt die Straße vor der Terrasse, und kurz darauf marschiert schweigend eine Gruppe von ungefähr siebzig Soldaten vorbei, an der Spitze ein Hornist und eine kleine Musikkapelle, die nicht spielt. Die letzten sechs Soldaten tragen auf dem Rücken die versilberten Werkzeuge der Pioniertruppe, eine kleine silberne Schaufel, ein kleines silbernes Hackebeil, einen kleinen silbernen Pickel. Sie halten vor der Kommandantur an. Es wird plötzlich sehr still. Alle Offiziere sind drinnen.

Ein Jeep fährt vor, aus dem kurzatmig und dick und medaillenbehängt der Militärkommandant der Insel springt. Die ersten beiden Takte der Nationalhymne. Stille. Der Kommandant salutiert vor der Fahne, geht hinein. Kurz darauf kommt er wieder heraus, gefolgt von allen Offizieren. Etwas Schöneres gibt es nicht, denkt der Schriftsteller, als in der völligen Stille die vierzig aufgetakelten Offiziere mit Säbeln und billigen Sonnenbrillen und den lachhaftesten Orden vor der Truppe stehen, siebzig Mann stark. Die Stille ist unglaublich. Auf allen Gesichtern liegt eine Erwartung, die sacht geschürt wird durch das muntere Schnurren eines alten Autos irgendwo in der Ferne. Alles nimmt Haltung an. Ein flacher, ach so alter Citroën mit einem hellfarbigen Fähnchen gleitet um die Ecke. »Wie mein Herz klopft!« flüstert Cyril André ins Ohr. Das Auto stoppt vor der Truppenfront, der Kommandant stürzt vor und reißt die Tür weit auf. Heraus steigt, zitternd und bebend, ein steinalter, violett gekleideter Bischof, Sonnenlicht in allen Edelsteinen seines Brustkreuzes. Er streckt die mageren Hände dem Kommandanten entgegen und flüstert etwas. Der Nacken des Kommandanten rötet sich rasch vom Bücken, einen Augenblick halten sie einander flüsternd umfaßt wie in einem ungeheuer geheimen Konzil, dann lassen sie sich gleichzeitig los und, o Wunder: sie stehen. Die beiden ersten Takte der Nationalhymne. Der Kommandant führt den Bischof in das Gebäude, dort begehen sie das perfekte Verbrechen und kommen dann wieder heraus, den Glanz eines großen Dramas um die Schultern. Jetzt wird die ganze Nationalhymne gespielt, schnaufend setzt sich der Kommandant in Bewegung und schreitet die Truppenfront ab, so langsam wie möglich, weil es kaum genug Truppen für die ganze Nationalhymne gibt. Am Ende angelangt, steht er dicht vor André, und für einen Moment schaut dieser in zwei wäßrige Hallen verschlissener militärischer Disziplin. Er hört den Mann deutlich sagen »está bien!« Säbel blitzen auf, und noch einmal geht er, mit den gespornten Stiefeln über den Asphalt schlenzend, der Fahne zunickend, an der Truppe vorbei zum violetten Fleck des Bischofs, der auf dem Bürgersteig zwischen der goldenen Lackmütze des Kommandanten der Guardia Civil und dem Gold, Violett und Braun der Offiziere steht. Es ist vorbei. Die Menge holt entzückt Luft. Der Hornist, klein wie eine Fliege, läßt sein Horn erschallen wie für die große Jagd, alles dreht sich mit dem Geräusch eines riesigen Schluchzers um neunzig Grad und setzt sich in Bewegung, wehmütig nachgestarrt von den Offizieren, die daraufhin, einer nach dem anderen, in die Kommandantur zurückgehen zum Empfang.

Als André und Cyril Arm in Arm ins Domingo zurückkommen, ist die Gruppe um ihren Tisch gewachsen. Ein aufgeblasener Pudding mit gemeißeltem Backenbart und braunledernen Wadenstiefeln sitzt da: Alaska-Ben, der Dichter, und neben ihm eine kleine dicke Französin, die André auf den Stuhl neben sich zieht. »Ich wohne über dir«, sagt sie, »morgens sehe ich dich oft auf der Terrasse sitzen.« Er schaut sie an, und es fällt ihm schwer, sie nicht wegzustoßen. Sie legt für einen Moment ihre kurze, dicke Hand auf seinen Arm und kratzt mit dem langen, schmutzigen Nagel ihres kleinen Fingers über seine Hand. Eine weiche, weiße Spur. Er zieht seine Hand zurück und geht hinein. Drinnen ist niemand, ein altes, dunkles Bahnhofsgebäude, hier wird nie mehr ein Zug ankommen. Er starrt auf sein weißes, versilbertes Gesicht im Reklamespiegel, und es ist, als sähe er durch seine eigenen Augen hindurch. Noch weiter. Es wird immer schlimmer, denkt er. »Jesus Christus, ich muß etwas tun.« Er starrt in das Gesicht. Hat es Angst? Nase, Mund, Augen, haben sie Angst? Er kann es nicht erkennen. Das bin ich nicht, denkt er. Eine nach Atem ringende Angst bemächtigt sich seiner, das Schwindelgefühl, das immer darauf folgt, schlägt ihm in die Kniekehle. »Ich muß denken«, sagt er laut.

Ein alter Mann, Domingo persönlich, schlurft durch eine Hintertür herein und sieht ihn von seinem Platz hinter der Bar an. »Qué hay, hombre, no estás bien... quieres algo?« »No, no, gracias.« Auf der Filmleinwand vor sich, gegen das Licht, das unter den hochgezogenen Perlenketten von draußen hereinscheint, sieht er es deutlich, das Universalmittel, das gewaltige Heilmittel: Ich muß die Dicke ermorden. Dann ist alles vorbei.

Danach: die Segnung freundlicher Landschaften. Er selbst, nach Erfüllung seiner Mörderpflicht, plötzlich bekleidet mit der neuen Würde eines trefflichen Gleichgewichts, eine gut gereinigte Asphaltstraße entlangwandernd, auf dem Weg zu – mindestens – dem Horizont. Domingo bringt ihm ein Glas lauwarmes Wasser, und um ihn nicht zu enttäuschen trinkt er es aus und geht dann hinaus, blind wie ein Maulwurf im Licht. Sein Opfer ist verschwunden, und er vergißt sie sofort. Alle stehen. Hat er sie denn schon ermordet? »O, André!« Wer, wo? Cyril natürlich, am Rande des Bildes – er streckt eine lange Hand aus ins Licht... »We are going to San Vicente! We are going to the holy grotto of the moon goddess! To Ast-Arte!« Schramm, aber wo kommt der her, schneidet einen drohenden Schatten ins Licht. »Heute wird gebetet«, sagt er ernst. »Die Taxis für die Pilger kommen hierher. Wir fahren erst nach Santa Eulalia, dann nach San Carlos, und von dort aus gehen wir zu Fuß, denn dann gibt es keine Straße mehr. Das paßt im übrigen auch besser zu einer Wallfahrt. Komm mit und bete um Inspiration.« Und er bläst ihm ins Gesicht, ein kleiner Atemstoß heiliger Geist, Vorschuß. André sieht ihn schwankend auf die andere Straßenseite verschwinden, wo unter einer langen Palmenreihe die Taxis stehen. Ein großer Kreis von Inselbewohnern verfolgt höchst gespannt die Verhandlungen zwischen den locos und den Taxifahrern. Eine Viertelstunde später fahren die ersten Taxis an der Terrasse vor, zehn sind es mindestens. André zwängt sich in einen kleinen alten Fiat zusammen mit Cyril und North und einem dicken Iren, von dem es heißt, er sei in einem Krieg kastriert worden. Gekreische, Gehupe, hysterisches Gewinke mit Taschentüchern und imitiertes Geschluchze Richtung Domingo und Vicente – und die Taxis wenden die Nase Richtung Hafen, es geht los.

»Die Taxis von der Marne«, flüstert North und zieht mit den Zähnen den Korken von der Kognakflasche. Alle nehmen einen Schluck. Der Ire legt sich zurück und gurgelt.

Cyrils Kopf fällt zur Seite, und er schläft ein, von Zeit zu Zeit Worte und Satzbrocken röchelnd, ein Gespräch mit einem Abwesenden.

Rechts vom Taxi verschwindet die grüne, sumpfige

Ecke des Hafens, in der die toten Schiffe zwischen Wasserpflanzen festgewachsen sind. Sie wenden sich landeinwärts – am Ende einer kurzen Ebene mit Bauernhöfen und Windmühlen hängen die Hügel, die Straße führt direkt auf sie zu. Der Fahrer hat das Fenster heruntergekurbelt, und der Duft der Landschaft weht herein, zerrt an ihren Haaren, bläst über ihr Gesicht.

Der Ire singt leise ein Lied vor sich hin und antwortet nicht, als North ihn etwas fragt. Dicht vor ihnen fahren zwei weitere Taxis, ab und an schwappt ein Schwall aufrührerischen Gesangs herein, und wenig später werden alle Geräusche vom blökenden Gehupe eines großen Buick beiseitegeschlagen, der überholen will. Schramm und Alaska-Ben hängen mit den Köpfen aus dem Fenster, zwei Gestalten aus einer teuflischen Vorstellung, Ben erhitzt und rot, ein verderbter Engel, während Schramm North zischend zuschreit: »Widerlicher dreckiger stinkiger gescheiterter amerikanischer Schriftsteller«, woraufhin North sich sofort eine große Wut in sein jüdisch-chinesisch-slawisches Gesicht malt und schreit: »Dreckiger blöder wertloser amerikanischer Maler, der nie etwas verkauft!«

Blökend zieht der große Buick auch an den anderen Taxis vorbei, die beiden Köpfe schreien Beleidigungen, und jetzt hängen aus allen Taxis Köpfe mit flatterndem Haar, rot angelaufen vom Schreien. Der Fahrer kreischt vor Lachen und versucht, seinen alten Fiat hinter dem Buick herzujagen, doch der ist schon weit voraus, ein glänzender Käfer in der Ferne, der Schafe und römische Kampfwagen von der Straße weghupt, während er weiter in Richtung der Hügel klimmt, deren stumpfes Grün in unordentliche Kiefernwälder zerfällt, die hier und da von niedrigen weißen Bauernhöfen inmitten kleiner, dem steinigen Boden abgerungener Stücke Land zurückgedrängt werden, vor denen auf niedrigen Schilfstühlen Bauernfamilien sitzen, die verdutzt die schreiende, hupende Prozession vorbeiziehen sehen.

»Und Jahre später sprachen sie noch davon«, sagt North. »Weißt du noch, der Tag, an dem die Fremden in gut und gern zehn Taxis vorbeikamen? Sie waren alle betrunken, ha, borrachos todos, und sie grabschten nach den Frauen in den Autos, man hörte ihr Kreischen, was sag ich da, los gritos de las mujeres, vielleicht wird es ja ein Volkslied« – und er schraubt seine Stimme zu einem falschen Flamenco hoch – »an einem Wihintertag...« – der Ire fällt ihm ins Wort – »am Tage der Aharmee... ahal día del Ejército... los taxis...« Cyril taumelt direkt aus dem Schlaf in ein endloses Gelächter und flüstert zwischen Keuchlauten: »This island... is ee paradise.« Ein gewaltiges Schlagloch rüttelt sie durcheinander, und sie fassen sich an und schmettern mit sich überschlagenden Stimmen it's a long way, to San Vicente... it's a long way... to go..., und André singt mit und denkt, warum singe ich nicht wirklich mit: Warum denke ich darüber nach, daß ich singe? Denken sie auch darüber nach oder singen sie wirklich? Das Gesicht des Fahrers ist von Glück überströmt, er hupt im Takt mit, die Freude platzt auf allen Seiten aus dem Taxi, André schreit aus voller Kehle mit, doch seine Augen fotografieren weiter alle Gesichter in der Schamlosigkeit ihrer Freude. Die Freude besteht im Nichtschauen, denkt er, und mit geschlossenen Augen schlägt er mit seinem ganzen Gewicht gegen die Mauer, die zwischen ihm und den Sängern steht, wie ein Irrer lallend, mit einer Kinderstimme kreischend, bis das Lied in seiner tausendsten Wiederholung erstirbt und sie sich wieder loslassen und einen Schluck aus der Flasche nehmen und eine Ideales anstecken.

»Sieh dir die Landschaft an«, sagt North – »paß gut auf, Schriftsteller, hier stinkt es vor lauter Göttern und Geschichte. Unter all diesen Oliven, hinter jedem popeligen Hügel liegen kindliche Gottheiten, verrückt vor Verwahrlosung, die kleinen Köpfe violett vor Neid, und strecken ihre ausgetrockneten Zungen nach den vorbeikommenden Autos aus.«

»Huhu«, ruft er aus dem Fenster. Er dreht sich ganz um zu André, so daß die Sonne sich in seinen doppelten Brillengläsern spiegelt und es ist, als würde André von einem geschrumpften Monster mit großen, runden Augen aus glühendem Metall angesehen, und das Monster hüpft und ruckt mit den Bewegungen des Autos und zischt kichernd: »Probier's nur, you just put on your fucking wooden shoes and buy some milk and apples und tappst in den campo hinaus, mitten in der Nacht, und legst deine Opfergaben unter welchen Baum du nur willst: Am nächsten Morgen sind sie weg, aufgefressen. Und wenn du den Mut hast, dabeizubleiben, o Gott! Dann wirst du's sehen! Dann kommen sie mit ihren mißgebildeten pudrigen Köpfen und ihren deformierten Kriechbeinen, du hörst sie schon von fern kommen, in den Gelenken knarzend wie tausend Grillen, vor Verlangen über den Boden scharrend, um ein Opfer kreischend, eine Greuelprozession sabbernder, einander in ausgestorbenen Sprachen ausscheltender dei loci, phönizische, ägyptische, griechische, Beine haben sie kaum mehr, sie rudern ihre göttlichen Glieder auf einem Ellbogen zu der Stelle, an der du sitzt, und du riechst ihren schlechten Atem, den Gestank ihrer Unsterblichkeit, sie sind süchtig nach Gebeten und Verehrung, und wenn sie, sich gegenseitig an den Haaren zerrend und in den

Bauch stoßend, endlich dein mageres Opfer gefressen haben, dann geht es erst richtig los: Wie Hunde kriechen sie auf dich zu, Hunde, die keiner mehr anfassen will, sie lecken dir die Füße, ihre Körper zucken und rappeln, und sie wollen nur eins, nur eins: daß du betest! Und du betest. Alles ist okay, Gebete um anderes Wetter oder: möge ich nie Krebs bekommen oder: verschone meine Mutter noch lange Jahre, du wirfst es ihnen hin, und sie beginnen sich zu krümmen und keuchen vor Genuß, zehn Götter, dreißig Götter, hundert Götter: ein großer, mißgestalteter, verwahrloster Götterkörper, der noch einmal an der Ecke des eingestürzten Altars gevögelt wird!«

Er kneift André in die Nase. »Du denkst, was ich sage, ist nicht wahr, ich kann es sehen. Ha!« Die eisernen, Verachtung ausdrückenden Finger lassen los, André weicht vor diesem Haß zurück, aber Norths Kopf verfolgt ihn bis in die Ecke des Taxis. »Du hast unrecht.« Die kurze, breite Zunge leckt schnell listig über die Lippen. »Streck den Kopf aus dem Fenster. Na? Was glaubst du, riechst du da? Etwa Frieden? Dies ist keine friedliche Insel, hier gibt es mehr Götter als Kaninchen, dies ist ein Konzentrationslager frustrierter, hundertnamiger Götter, die keiner mehr angebetet hat. Haben Sie nichts mehr, wofür Sie leben? Kommt Ihnen das Leben leer und sinnlos vor? Kaufen Sie sich dann noch heute ein Ticket zu der friedlichen weißen Insel, die dort im antiken Meer liegt wie der Mond im Meer der Lüfte! Hunderte von Göttern, berstend vor Unsterblichkeit, warten, an der Ewigkeit lutschend, auf Sie! Sie werden Ihnen mehr als dankbar sein für Ihr Kommen!«

Er lehnte sich erschöpft zurück und fegte Cyril, vor Lachen quiekend, die Haare über die Augen. Der Ire streckt den dicken kastrierten Arm aus dem Fenster und zeigt in die Ferne, die sich durch eine Biegung der Straße plötzlich hinter die Landschaft schiebt, ein Tal, Gold, ein kleiner Fluß, ein Dorf, ein hoher Hügel, auf dem weiße maurische Gebäude im Marmorlicht schimmern, Santa Eulalia.

9

Sie sausen den Hügel hinunter, und mit derselben Geschwindigkeit wie sie rast das Dorf in ihn hinein. Kameras, Tonbandgeräte, alles ist in Betrieb, und Meter um Meter sentimentalen Films nistet sich in den Hintergassen seines Gehirns ein, und immer wieder kann er diesen Einzug abspulen: diese Autoschlange, die vor ihrem Taxi den Hang hinunterfährt und dort unten, über der goldenen Schale, in Schlachtordnung die alte römische Brücke überquert, unter der sich die Spur des Flusses bis zum Meer zieht. Jungen stehen da und angeln, kleiner als das Schilf, und sie winken den Taxis. Cyril winkt zurück mit den lauen Armbewegungen eines degenerierten Königshauses und sagt, er wollte, es wären *Tausende.*

»Wenn du drin säßest, würde ich eine Bombe auf dich werfen«, sagt der Ire. »Aus dem allerteuersten Plastik, eigentlich schon wieder zu schön für einen Engländer.« Und flucht.

André sieht, wie eine kleine rote Welle über die Wangen des Hundegesichts spült, aber schon schwenken sie in die Dorfstraße, Schemen hoher verputzter Gräber zu beiden Seiten, und halten vor einem cremefarbenen Kiosk auf einem geräumigen Platz, Sand unter hohen Bäumen. Dort gibt es eine Terrasse mit Holzstühlen. Schramm sitzt da bereits mit einer Frau und einem Spanier, der offenbar zu ihr gehört, und André arbeitet sich durch die Menge schreiender und Flaschen schwenkender Pilger zu ihnen hin. Schramm stellt ihn vor, und er hört den holländischen Namen, sieht, daß sie den seinen erkennt. Später erinnerte er sich noch genau an den Tenor dieses Augenblicks, und daß sein erster Gedanke war: Dies ist... alle Frauen, die ich gekannt habe oder kennen wollte, zusammengefaßt, und er wußte auch, daß er sich von dieser Erinnerung nicht mehr würde lösen können, die fast gleichzeitig einsetzte, denn eine Sekunde nach ihrer Begegnung war diese Begegnung bereits Geschichte, etwas zum Überdenken: wie sie von der ersten Sekunde an listig mit der gegenseitigen Eroberung begannen, und in dieser Erinnerung saß sie immer noch da, hatte sich nicht bewegt. Hinter der Stille, die wie geölte Watte in seinen Ohren steckte, hörte er das Schwadronieren des Iren und das Geschrei spanischer Stimmen, vielleicht auch Cyrils Gequengel, der ihn rief, aber das spielte sich alles hinter einer Mauer ab, der Spanier und Schramm waren halb ertrunken, nur sie saß da und fraß sich mit ihren grünen Augen in seine. Er merkte, daß er sich Schramms bediente, um mit ihr zu sprechen, Worte, die nichts mit dem Augenblick zu tun hatten und später hinausgefegt werden würden wie unzulässiger Schutt.

Ein helles Krähen, dicht an seinem Ohr: North, der schwankend zwischen ihnen steht, die Frau küßt, seine quadratische Hand auf Andrés Augen legt und sagt: »Sieh sie nicht an, sie ist schlecht. The disastrous Siren of Santa Eulalia del Rio, la mas hermosa, the snake-eating Lady of Our Lady, gefährlich für Schriftsteller, sie schlägt ihre Zähne in deine klare Seele und saugt die Geschichten heraus, jeden Tag eine, du wirst schon sehen, wie sie dich zurückläßt!«

André versucht die Hände wegzuschieben, aber sie

drücken ihn zurück auf seinen Stuhl, und langsam weicht diese Stimme zurück, wie damals, als er operiert wurde, er befindet sich unter der Schneekappe, und die Stimme des Arztes umplätschert ihn, es ist Ebbe, die Stimme zieht sich zurück, weiter und weiter, und er kann ihr nicht folgen, wird zu einem unsäglich schweren Standbild, durch das das Blut hin und her zieht wie ein langsames, zu Tode erschöpftes Heer, nie wird er diese Stimme einholen, will es auch nicht, und er versinkt in seiner plötzlich wohligen Stille, bis die Geräuschschale wieder aufbricht und der Lärm zunimmt, langsam zurückkehrt.

Sie steht über ihm und sagt: »Du bist in Ohnmacht gefallen.«

»Nein«, sagt er, »nein, nein.« Kein Wort mehr, doch er war bereits leer und ihr ausgeliefert auf der Jagd nach Zuneigung, und sie wußten es. North stand im Hintergrund, der Bösewicht zwischen den Kulissen. Sein Gesicht war blaß, aber seine Stimme krähte schon wieder, André hörte eine Abhandlung, in der er »the famous writer Pacelli« genannt wurde, und ihm wurden Fragen gestellt über die Andere Seite. »The famous writer Eugenio Pacelli has just made a VOYAGE to the Other Side, for our Spanish listeners el otro lado, Hah!, and he is willing to give us some of his impressions, now, Mr. Pacelli, would you *please* tell us how it really is out there, und ein schreckliches Speien von Visionen setzte ein, Mr. Pacelli tells us, Mr. Pacelli tells us.« Der Spanier kam auf sie zu und fragte sie etwas, aber sie zuckte mit den Achseln. André sah ihn weggehen und mit einem Glas Sodawasser zurückkehren. Er trank es leer wie ein Kranker und sah, wie auch North, immer noch redend, auf ihn zukam und ihm die Hand küßte, was ihn derart heftig schaudern ließ, daß er seine Lust, loszukreischen, kaum bezwingen konnte. Segnend erhob er sich, aber jetzt schrie Schramm etwas von der Art zu North, du bist ja nur eifersüchtig, dir würde es doch wunderbar passen, nicht dazusein, und sei es auch nur für einen Moment! Einfacher geht's nicht, jemand streicht mit der Hand über deine Augen, und weg bist du! Unterdessen arbeitet unser Schriftsteller an seinen eigenen Bildern: Es ist nur die Angst, die für einen Augenblick schmilzt. Und natürlich wieder hundert andere Fotografien. Angst, die dann gütig wird wie eine Decke; von da ist es nur noch ein Millimeter zur nächsten: Kind, von seiner Mutter zugedeckt, das erneute Erstarren, Gefrieren der Angst ist das darauffolgende Gefühl, die Kälte auf der ganzen Haut, das Schaudern, und all diese klaren »Gedanken« existieren für einen Augenblick wirklich. Sie sieht zu, wie er trinkt, die katholische Hand am Glas, und es gesittet hebt, diese leuchtenden Augen in dem dann doch wieder viel zu unfertigen Gesicht, kein Mann, Mundwinkel voll grauer Geschichten.

»Kommst du mit nach San Vicente?« Sie nickt.

»Ein bißchen Beten wird uns guttun«, sagt Schramm. »Das vertreibt die Liederlichkeit.«

»Oder nenn es Denken. Das hört sich besser an.« Und er wendet sich André zu. »Denkst du manchmal?« Es folgt ein Monolog über Denken und *Sehen*. North, in einem neuen Panzer, betritt wieder das Schlachtfeld und ruft: »Maler! du wirst lästig. Maler sollten nicht denken. Wenn du nicht aufhörst mit deinem Gelaber, dann nehme ich dir deine ganze Farbe weg oder ich mische Kacke darunter!«

Schramm steht auf und streckt seinen langen, trockenen Finger nach ihm aus und sagt: »Du selbst bist das Beispiel. Es gibt keine Geschichte von dir, in der gedacht wird. Du denkst dir Geschichten aus und dann schaust du sie dir an.

Du siehst Bilder und du beschreibst sie, du bist ein langweiliger Zeichner, ein Bilderkritzler. Da ist nichts drin, gar nichts.« Und mit einer träge federnden Bewegung, als hätte man ihn eigens dafür aufgezogen, erhebt sich der Maler von seinem Stuhl, den länglichen mystischen Kopf ein wenig vorgeneigt. Und winkend verschwindet er zwischen den anderen.

Taxis hupen jetzt, das Geschrei nimmt zu, große Begeisterung jagt zwischen den Tischen durch und reißt alle hoch, Gedrängel um die Taxis, Gerangel, um hineinzukommen, und mit hüstelnden Geräuschen ziehen die ersten Wagen bereits wieder die Dorfstraße hinunter, auf dem Weg nach San Carlos.

Cyril winkt aufgeregt mit seinem bunten Gürtel und zieht André ins Auto. Sie machen sich so klein wie möglich, damit sie auch noch mitkann. Das monströse Götterhaupt des Iren, röter denn je, sinkt schmatzend und brabbelnd auf ihrer Schulter in Schlaf. North zieht ihm vorsichtig die Kognakflasche aus den Händen und gibt dem Fahrer zu trinken.

Die Straße ist gerade und eintönig. Auf beiden Seiten rote Felder, ein Rot, das ihm in den Augen schmerzt. Er trinkt ein paarmal aus der Flasche und merkt, daß er allmählich betrunken wird, er will das. Cyril singt eine Bach-Kantate, Männer- und Frauenstimmen durcheinander, und fängt dann an zu weinen.

»England weint«, sagt North. »Eine schöne Bescherung. Wie soll es mit der Welt weitergehen? Rußland Nummer eins im Weltraum, Amerika verrottet langsam im eigenen Fett, und England weint im Taxi nach San Carlos.« Er deutet hinaus und schreit »Europa! Europa!«

Der Ire hebt schlaftrunken den Kopf und verflucht ihn. »Go fuck yourself.« North pustet ihm ins Gesicht und flüstert: »Yeats, mein Alter, mach dir nichts draus, es sind harte Zeiten, durch die wir hindurchmüssen, wir Künstler. Die westliche Zivilisation.« André registriert, was er sagt, hört nicht richtig zu. Ihre Hand ist über seinen Rücken gekrochen und krabbelt ihn jetzt im Nacken. Er versucht sie anzusehen, aber sie hat den Kopf abgewandt und schaut hinaus, ihr Profil wie gezeichnet in der altertümlichen Landschaft.

North legt den Arm um die Schulter des Fahrers und quarrt in seinem trägen, faserigen Spanisch: »Yo me llamo Scot Fietzjerald, soy muy conocido en los Estados Unidos...«, dreht sich um und zieht ihren Kopf so, daß sie ihn ansehen muß... »Zelda, Liebling, laß das... nicht mit Landsleuten! Wußtest du, daß wir auf dem Weg nach Boston sind? Dies ist... veinte y ocho, the YEAR, I...« er legt den Kopf auf die Rückenlehne des Vordersitzes und schläft ein oder tut so, als ob. André merkt, daß ihn der Fahrer im Rückspiegel anlacht, und lacht zurück.

»Was denkst du?« fragt sie.

Er denkt: Ich denke nicht, ich arbeite. Ich zerre diesen ganzen Augenblick in mich hinein, ich schufte mich kaputt. Dies ist der Anfang einer langen Geschichte. Was wird daraus? Er faßt plötzlich, leicht verbissen, nach ihrer Hand. Dünne, etwas rauhe Finger, schmal zwischen den Knöcheln, die hart und scharf vorstehen. Er repetiert im Geist ihr Gesicht, will nicht schauen, es aus dem Kopf tun, ihr Mund, die grünen Augen. Was für ein Gesicht ist es? Alt jedenfalls, und gefräßig. Es sind doch immer die Augen, die es tun, groß und glitzernd, auf ihn gerichtet, und voller Hast die anderen Züge des Gesichts studierend, Mundwinkel, die Feuchtigkeit ihrer Lippen...

Die Haare sind irrsinnig gefärbt, blond, dazwischen dunkle Strähnen. Die Nase... weg mit der Nase, er will nicht länger denken und schaut folglich hin und sieht: eine normale, gerade, klassische Nase.

»Warum sagst du nichts«, ihre Stimme wendet sich ihm zu, ist davor bei den drei Schlafenden gewesen. »Ich kann im Auto nie schlafen, du?«

Sie schauen zu Cyril, der im Schlaf eine neue Würde erlangt hat, die eines Fast-Toten.

»Ich liebe ihn sehr«, sagt sie. »Ich liebe Menschen, die schon ein wenig nicht mehr da sind. Manchmal, wenn er sehr betrunken ist, denke ich, jetzt stirbt er ... Eine derartige Abwesenheit kann sich niemand erlauben ... aber er will nicht. Er läuft herum in diesem lächerlichen alten Körper. Körper! Erst Luft, in unserem Fall also Leere, dann eine Schicht Kleider, und darin ein Körper. Einige Teile davon kann man sehen! Das ist dann jemand. Es wäre so viel logischer, wenn wir nicht wirklich existierten, wenn dieses glänzende oder hinfällige Ding nicht alles wäre, was wir sind ... magst du Körper?«

Er zuckt mit den Achseln. »Wir sind nichts weiter als unsere Körper«, sagt sie wieder, ein alkoholischer Unterton macht sich bei dieser Wiederholung plötzlich in ihrer Stimme bemerkbar, etwas Obstinates, das ihn stört. »Nichts weiter. Wenn er weg ist, sind wir tot. Dieses Wort wird gehegt und gehätschelt. Ich verstehe es einfach nicht. Manchmal versuche ich mir vorzustellen, daß der Raum, den ich jetzt einnehme, dann leer ist.«

Sie legt ihre Hand auf sein Gesicht. »Ich spüre dich. Das bist du.« Sie klopft auf seine Wangenknochen, klopf, klopf, und lacht ihn an: »Für etwas, was irgendwann doch verschwinden muß, ist es sehr stark. Aber daß es verschwinden muß ... Manchmal sehe ich mich selbst rasend schnell verrotten.« Sie lächelt wohlwollend dazu, wie eine Großmutter, die eine alte Geschichte erzählt, eine Geschichte voller Weisheit. »Ich schrumpfe, zerbröckele, meine Haare sinken nach unten, durch meine Kiefer, ich falle in mir zusammen, und meine Gedanken entweichen wie Luft aus einem kaputten Reifen, aber so ist es nicht ganz, nicht ganz.«

North hebt die Augen langsam bis zur Mitte seiner Doppelgläser und sagt: »Mach ksach rrapher zoch zammen, könnt ihr nicht eine zivilisierte Sprache sprechen anstatt diesen krankhaften germanischen Dialekt...«, und in der unsäglichen Trägheit, die André überkommen hat, sagt er das hundertmal, während sein Gesicht monumental für ein riesiges Standbild gemeißelt wird, das erste sprechende Standbild der Welt, nicht nur North, sie alle, das unförmig große Standbild eines Taxis, *dieses* Taxis, und, in diesem Taxischrein unsterblich bewahrt, der Geschmack dieser einen Sekunde.

Könnt ihr keine zivilisierte Sprache sprechen, nie, nie mehr wird es so werden, nie mehr wird er das sagen und nie mehr werden sie danebensitzen, Götter und Helden aus einer soeben begonnenen Sage, Gesang I. Die mutwillige Autonomie des Augenblicks überfällt ihn, während der Augenblick selbst sich noch immer dehnt und sie wie in einer Seifenblase sitzen und warten, bis die Explosion kommt, warten, während sie träge mitwachsen, bis der Augenblick seine Sage vollendet hat.

Er denkt, wir sind ein so großes Standbild, denkt er, daß niemand uns je sehen wird, auf dem allergrößten Platz der Welt ein Taxi, so groß, daß die Menschen durch die Kerben in den Reifen gehen können wie durch gewaltige Gummitunnel, und in diesem Taxi der Geschmack unseres Lebens, wie es jetzt schmeckt, und er beugt sich zu ihr und sagt: »Ich bin so unsterblich, du weißt das nicht, aber ich bin unsterblich, so unsterblich.«

Eine verkrampfte Ekstase schwappt in ihm hin und her mit dem Rütteln des Taxis, und während der Alkohol wie irr in seinem Blut herumrast, denkt er, ich sehe sie, als fotografierte ich sie mit dem weißesten Licht, und sie bleibt völlig unbeweglich sitzen, auch wieder eine Verlängerung, durch die ich sie sehe, in ihre Augen schaue ich, inmitten des Weiß liegt dieser grüne Stein, ihr wirkliches Auge – mit dem sie mich ansieht, sie feuert ihre Blicke durch die Läufe ihrer Augen auf mich, und es ist mir egal, schieß nur, schau nur, ich bin drauf, ich bin!

10

San Carlos. In dem touristischen Nachmittag steht eine weiße Bauernkirche mit einem niedrigen Vorhof, unter dem es plötzlich schattenkalt ist. Die Trunkenheit, sie, die anderen, das dunkle Fotogehäuse des Taxis brechen von ihm ab, fröstelnd und völlig allein steht er an der höckrigen verputzten Wand und läßt die Stirn daran ruhen. Ein träges Drehen. Er schaut sich um und sieht, wie sich die anderen langsam ineinanderschieben, eine große, Sprüche klopfende Menge.

Sich an der Mauer festhaltend, geht er zu den breiten grünen Türen. Sie müssen offen sein, denkt er, das Haus Gottes ist immer offen. Der Herr ist da. Und ruft euch. Adest et vocat te. Ruft *dich*. Er öffnet die Tür, sieht sich um, ob ihm auch niemand folgt, und geht dann hinein.

»Da bin ich wieder«, sagt er laut. Es hallt. Maria, in steifkalkenen Bewegungen gefangen, beobachtet entsetzt den verschandelten Ritus: wie er sich in der entferntesten Ecke heulend vorbeugt und übergibt, stöhnend und nach Atem ringend zwischen den Wellen, die sein Magen immer wieder von neuem hochpreßt wie damals, als er fast ertrank in Biarritz und jede Welle ihn in eine andere Richtung stieß, immer weiter vom Strand weg, und die Menschen, die ihm am Strand zuwinkten, weil er die Arme hilfesuchend in die Luft gestreckt hatte, aber dachten, er spiele, ja, spiele; es reimt sich, es reimt sich, dachte er, als er sich schluchzend umdrehte und auf das Weihwasserbecken zuging, in das er die Hände steckte und sie, naß vom heiligen, geweihten Wasser, in sein Gesicht klatschte und hinter dem Vorhang seiner Tränen die fetten, zuckerbäckerähnlichen Stickbuchstaben auf dem schimmernden plüschenen Altartuch las: amor omnia vincit.

Das ist ihre Stimme, die nun auf ihn zukommt, »was machst du denn«, durch den leeren Raum, der die Laute herumdreht und ihm zuwirft. Machen? Er sieht sie auf sich zukommen, deutlich, eine schmale Frau in enger schwarzer Hose, weißer Bluse. Das Gesicht hat er bereits gesehen, und dem sagt er: »Ich bin krank«, vergißt sie jedoch wieder, zwei Prozessionen von Erinnerungen laufen durcheinander, der Strand in Biarritz und die Klöster seiner Jugend, und die Bilder folgen so schnell aufeinander, daß er keuchend aus dem grünen Meer wankt und auf den Strand sinkt, ich wäre fast gestorben, doch bevor er wieder aufstehen und zu dem Mädchen gehen kann, das ein Stück weiter auf ihn wartet, steht er wieder in der alles kahlfressenden Leere des Klosters, wo gregorianische Gesänge in die weiche Unterseite seiner Seele beißen. Sie will ihn mit ins Freie ziehen, doch er sträubt sich. »Nicht ins Freie«, sagt er, »nicht ins Licht.«

Er geht vor zum Altar, beugt das Knie und geht nach links zum Marienaltar. Da steht der steinerne Filmstar, den Fuß auf dem Mond, und läßt den Blick über ihn gleiten wie tausend Male zuvor.

»Die Mutter Gottes«, sagt er zu ihr. Madre de Dios! Kerzen 5 pesetas. Limosnas. Pan para los pobres. »Sollen wir Geld geben für los pobres? Ah, los pobres pobres.«

Er zündet *eine* Kerze an und stellt sie so nah wie möglich vor der Figur auf. Jetzt wird es ihr wirklich zuviel und sie dreht sich weg, um zu gehen. Er folgt ihr auf der Stelle, bückt sich jedoch in der Mitte der Kirche, um ein Andachtsbild aufzuheben, das er ihr zeigt. Ein hellblauer Jesus, unter einem Traubenbüschel sitzend, den nackten Fuß auf einer marmornen Stufe, auf der auch noch eine Lilie liegt, hält eine irrsinnig kleine Hostie (aber das ist er ja selbst!) einem kleinen, adretten spanischen Jungen hin, der abwartet, was nun passiert. Oh, María! No permitas que se marchite la flor de mi inocencia. Recuerdo de la primera comunión de Juanito Canevas Noguera. Recibida en la Iglesia parroquial de San Carlos. Festividad de la Ascensión, a los 10 años de edad.

Sie hält die Hand auf, und er legt das Bild hinein. Danach zieht sie ihn mit nach draußen, doch noch einmal will er sich umsehen, und er deutet auf diese Figur, vor der die eine Kerze emsig brennt, und sagt: »Solange ich lebe, steht diese Figur hier schon.« Und was das bedeute? Pathetisch überlegt er sich noch etwas im Sinne von »ich bin allein deshalb schon weniger, weil diese Figur hier schon so lange steht, unabhängig von mir«, aber er kann keine Wirklichkeit in dem Gedanken entdecken, die zu erklären wäre, und außerdem hat eine neue, viel farbigere Figur des heiligen Paulus jetzt seine Aufmerksamkeit erregt, und laut liest er die wellig gemalten Worte darunter: »Recrearse en el Señor siempre y, de nuevo, digo, recrearse.«

In einem fort leise »recrearse, recrearse« wiederholend, geht er schließlich mit ihr mit. Als Eroberung kommt er ihr da schon nicht mehr vor.

11

Draußen kamen ihm Tränen in die Augen vom Licht. Ich bin noch immer betrunken, dachte er. Sie stand hinter ihm und schob ihn durch die Horde auf den weiten, staubigen Platz vor der Kirche. Verschwommen sah er die bekannten Schiffe vorbeifahren, North, Cyril und einen riesigen Mann, den er schon mal in der Stadt gesehen hatte, Goldstone, der sie aufzuhalten versuchte, doch sie sagte etwas zu ihm, das er nicht hören konnte, und ging mit ihm weiter zu einer kleinen Bar.

Drinnen war es kühl und ruhig. Sie setzten sich auf schiefe Holzstühle an einen kleinen runden Tisch auf Eisenbeinen, dessen marmorne Platte von schimmerndem Metall eingefaßt war. Der Marmor war kalt. Er rieb mit den Händen darüber und hielt sie sich dann an die Augen. Eine alte Uhr brach mit trockenen Lauten die Zeit in Stücke, und er sah Clara an und dachte, mit jeder Sekunde verlierst du deine kostbare Fremdheit für mich, zeichnet sich deutlicher ab, was geschehen wird. Er sah ihre Hände ineinandergreifen und sah, wie sie sich in den Armen liegen würden und wie ebendiese Hand, die da unbekannt und abwesend auf dem gräulich gefleckten Marmor lag, seine Haut streicheln würde.

»Das Ende des Films«, sagte er, nein, er hatte nichts gesagt, und dieselbe kirchliche Stille lastete nachdrücklich auf ihren Köpfen, und schneller als je zuvor sah er seine Filme: wie er mit ihr in einem Bett liegen würde, aber es mußte undeutlich bleiben, undeutlich – mehr als das vage weiße Hin- und Hergleiten von Körpern wollte er nicht sehen, sonst würde es nicht geschehen.

Unruhig stand er auf, die Hand wie zum Befehl auf den Magen gedrückt, der die Vorboten einer nahenden Depression auf ihn jagte, kleine, rollende Krämpfe, die er haßte. Während er zu der mit großen grünen und weißen Fliesen verzierten Bar ging, steckte er sich rasch eine Pille in den Mund. »An die Arbeit!« sagte er, während er die Pille hinunterschluckte, und er stellte sich vor, wie das runde, weiße Ding jetzt langsam hinabsank, um da unten Ruhe zu schaffen.

Welcher Wahnsinn, dachte er, ich selbst bin es, der krank ist. Und was ist krank? Wie kann jemand an seinem Magen merken, daß er nicht existiert oder nicht in ausreichendem Maße? »Kommt niemand«, fragte er.

Sie stand auf und ging nach hinten. Er hörte sie irgendwo an eine Tür klopfen und etwas rufen: »Oiga, oiga! Señor Miguel! Miguel! Hola ...« Natürlich kommt niemand, dachte er erfreut. Endlich ist es passiert, die Welt fängt an, sich zu leeren, wie es sich gehört. Sie kommt zurück, gefolgt von einem alten Mann.

»Was schaust du so merkwürdig«, sagt sie, »was ist?«, und denkt, wie kann jemand nur so ein Altmännergesicht haben, diese Augen! Und er denkt, ja, was ist, was antwortet man darauf? Ich schaudere. Oder, noch schöner, Latein, mich schaudert? und er sagt: »Soeben kam hier der Weltraum vorbei. Outer space.« Er gibt sich alle Mühe, es so holländisch wie möglich zu sagen und sich damit lächerlich zu machen. Sonst klingt es zu gewichtig für die kurze Bekanntschaft. Und bereits einmal in Ohnmacht gefallen. Und bereits betrunken. Der alte Mann, ein gegerbter Menschenkopf, in dem ein Bart wächst, kommt auf ihn zu und schüttelt ihm lange die Hand. »Usted amigo de la señora?« schmeichelt er in dem Kinderspanisch, das die Inselbewohner eigens für die Fremden kultiviert haben. »A friend, hah?«

»Si, si«, sagt er, »ee friend, ee very old friend.«

Der Kopf nickt weise und schiebt sich hinter die Bar, zwischen seine Flaschen.

»Qué van a tomar los señores?«

Er sagt: »Einen Kognak?«, aber sie geht zu dem alten Mann und sagt: »No, no coñac, está muy borracho ya, el señor!«

Das gegerbte Gesicht sieht mit gewitztem Mitleid zu André und murmelt: »Ts, ts, he drunk! Ha! Coñac español... muy malo para los extranjeros, hi hi!«

Sie trinken lauwarmes Bier, fahl und gelb scheint es auf den Marmor, cerveza Damm, und er denkt, als ob ich davon nicht betrunken würde.

»Geht's wieder los?«

Durch die kleinen Scheiben in der Tür sieht er, wie sich die Gruppe im Vorhof des Tempels langsam in Bewegung gesetzt hat und in einen kleinen Weg biegt, der mit scharfem Schwenk in einem Olivenhain verschwindet, eine träge Bußprozession, die kleine Explosionen aus antikem Staub auslöst. Die hohe Gestalt des Malers Schramm ragt, mit seinen niederen Jüngern gestikulierend, über alles hinaus, und plötzlich sehnt er sich danach, unter ihnen zu sein. Wie weit ist es bis zu ihnen? Höchstens hundert Meter, aber die Stille und das starre gezeichnete Feld zwischen ihm und der Gruppe dehnen den Abstand, hinzugehen würde bedeuten, sich in ein Bild zu drängen oder sich unter die Lebenden zu mischen. Ist er denn der einzige, der nicht da ist? Und er dreht sich wieder um und starrt in die Höhle, aus der sie ihn anschauen, die Gesichter gepanzert mit dem Kupfer der Sonne, und er sagt zu ihr, sie sollten jetzt besser gehen, »sonst bleiben wir zu weit zurück«. Sie zahlt, er liest die letzten Botschaften von den braunen Wänden und den zur Schau gestellten Speisen hinter dem Glas, mejillones en salsa de tomates, nitrato de Noruega, Escuela de Agricultura, curso elemental cada miércoles en Santa Eulalia del Rio.

Sie verabschieden sich umständlich und lassen Señor Miguel endgültig in seinen langen ländlichen Nachmittag zurückfallen, die große Wanderung hat begonnen.

12

Begonnen und nie mehr geendet. Er steht, weiß, im Licht der klassischen Nacht, am offenen Fenster, dem Meer zugewandt. Einen Meter von ihm entfernt bewegt sie sich und stöhnt im Bett. Er geht zu ihr und sieht sie an. Das Gesicht ist verformt zu äußerster Unbekanntheit, es kann nie mehr das einer Frau sein, mit der er geschlafen hat. Er zieht es ein wenig hoch an den zerzausten Haaren und bläst, ganz kurz, in ihren offenen Mund und betrachtet aus der Nähe die dunklen Flecken in ihrem Gesicht. Als er die Decke wegzieht, liegt sie da, nackt, wie ein zusammengerollter Körper, in dem kein Mensch steckt, ein abgeschiedener, fremder Gegenstand, der aus allem bestehen könnte. Er könnte ihn zerstören, denkt er, und holt schaudernd Luft. Zum Fenster gehen und wieder zurückkommen.

Er streichelt die trockene Haut ihres Arms, schilfrig weiß vom Salz des Meeres, und denkt, jetzt kommt es, Haß, Angst, alles steht bevor.

Draußen begann das verrückte Tier, das er schon die ganze Nacht gehört hat, wieder seine gemessenen Laute von sich zu geben, gluck eins zwei gluck eins zwei gluck eins zwei, dazwischen lange Stücke der Nacht, in denen sein Haß sich reckt und streckt und in der harten gekrümmten Raubvogelhand über ihr schwebt, mit der er sie weckt. Sie knurrt.

»Warum weckst du mich?«

Sie setzt sich auf, eine alte Puppe, und zieht das Laken über sich, ein törichter Senator. Plötzlich hört sie die Nacht, die sich sorgfältig bewegende Stille, sie sieht ihn dastehen mit seinem Haß, ein klerikales Kind, durch das der alte Mann fließt, die Gestalt fotogen im Mond auf die verputzte Wand geklebt, die Hälfte seines Gesichts, ihr zugewandt, eine leere Fläche, die Karte der Mandschurei.

Ich treibe es zu toll, denkt sie und fragt: »Haben wir geschlafen?«

Er sieht sie an, und die leeren Stellen füllen sich mit Emotionen, Gekränktheit zum Beispiel.

So sieht sie ihn, schwächer als sie ihn eingeschätzt hatte, und sie denkt an Essen, Verschlingen. Ihr Gesicht brennt, ihre Kehle brennt, sie spürt, wieviel sie getrunken haben muß. »Kommst du zu mir?« fragt sie. O nein, er kommt nicht. Mindestens eine Minute lang kommt er nicht, sondern steht in seiner prächtigen Pose, die viele Empfindungen beinhaltet, am Fenster, so still, daß sie beide das Zischen der Palmblätter draußen hören, und er denkt, was für ein Geräusch, es ist, als würden sie gebraten, und dann geht er zu ihr und zieht das Laken von ihr ab und beißt sie, bis sie ihn ins Genick schlägt und er sich keuchend in einer Ecke des Bettes ans Holz kauert.

»Was haben wir heute nachmittag gemacht«, fragt sie. Da sieht man einen Mann, der sein Leben in seinem bearbeiteten Gesicht hinter sich her schleppt, und schon liegt er in deinem Bett, in einer Ecke, und vermischt gerade ein leises verstecktes Kichern mit Weinen in seinem Gesicht. Vor der Behandlung, nach der Behandlung, durch was für eine Maschine sind wir heute nachmittag gegangen ...?

Sie streichelt sanft über seine Haut, stupst leicht gegen

die Rippen. »Haben wir miteinander geschlafen«, flüstert sie.

Er schaut sie an, auch wegen dieses unerwarteten Kindertons, und sie sehen sich: die beiden Waisen auf ihrem schwimmenden Bett, allein auf der Welt, die im übrigen die Gestalt eines Nachtvogels angenommen hat und draußen gluck sagt.

»Du wolltest mich doch«, sagte er, aber das ist Unsinn. Es kann nie genug gewesen sein, es ist gemacht: die lange Wanderung, der Nachmittag in der Grotte, das Essen in der fonda, der kriegsähnliche Rückzug im Taxi, das Wegschicken des vorigen Geliebten, oder war es nicht so? Er spult den Tag zurück bis zur Mittagsstunde. Sie gehen über den staubigen Platz in San Carlos, und sie hält ihn an der Hand. Ihm war schlecht in der Kirche und er hat sich geschämt, nun aber tanzt er auf dünnen Beinen der Pilgergruppe hinterher, die hinter einem Olivenhain, ebendem, den er von Miguels Bar aus gesehen hat, verschwunden ist, deren leises, lockendes Gemurmel er aber noch hört, und er muß dabeisein.

Der Spanier, der in Santa Eulalia noch zu ihr gehört hat, sieht ihn mit ungläubigem Haß an, und das schmeichelt ihm, eine kleine Prämie für seine durchstandenen Ängste und sein Zögern, die allmählich eine Spezialität von ihm geworden sind, die (denn schließlich geht *er* jetzt neben ihr) nicht schlecht ankommt.

Die Strafe wird kommen, denkt er, und er hat recht. Die Strafe hat bereits begonnen. Noch fester hält er ihre Hand, mit einem Gesicht wie ein lässiger Mensch in sommerlicher Kleidung, ein junger Mann, nicht unbedingt die Hauptfigur eines Buches oder, wenn wir schon dabei sind, dieses Buches.

13

Nun denn, noch einmal den Nachmittag wiederholen? Das Netz, das sie hochhob und zwischen Himmel und Erde hielt, eine Gruppe einsamer Pfadfinder, für die sogar der Landmann eins wird mit der Landschaft, für die alle darin arbeitenden Menschen wie Gegenstände auf den Äckern festgespießt sind, und er gehört dazu?

Es ist schon längst nicht mehr die feuchtfröhliche Tour wie am Morgen, dafür schneidet die Sonne zu scharf, dafür irren sie zu verloren über die schmalen Hügelpfade, neben denen auf beiden Seiten diese Landschaft versinkt. Schramm singt ein unverständliches Lied, und North deklamiert in vernichtendem Ton Gedichte von Shelley. Cyril, der nur mühsam mit der Gruppe mithalten kann, hat sich einen Ast vom Baum geschnitten und trottet wie ein herdenloser Hirte nach dem Kompaß ihrer Stimmen mit. Auch André fällt zurück, und von Zeit zu Zeit bleiben sie stehen und kratzen einander mit den Nägeln, beißen sich gegenseitig in den Mund, und kein einziges, nicht ein einziges Wort sagen sie zueinander. Die Landschaft wird kahler, hie und da ragt ein Fels aus dem Boden, die wahre Natur tritt hervor, der kleine Weg wird auch steiler, es gibt weniger Baumschatten. Manchmal ist die Welt so weit weggefallen, daß sie sehen, wie sich die Bauern mit ihren Ochsen über die gefältelten, blutigen Tücher schieben, das Schlachtfeld der Äcker.

Sie ruhen aus. Die Grillen sägen ein Loch in den Nachmittag, und North sagt: »Wißt ihr, was dieses Geräusch der Grillen ist? Ah! Weiß niemand, was dieses Geräusch der Grillen ist? Ich werde es euch erzählen. In jeder Grille steckt mittendrin eine kleine schwarze Kugel, von der jede Grille denkt, es sei eine Grille, und vielleicht sogar, es sei die Grille, die sie selbst ist. Diese Kugel aus ihrem prähistorischen Körper herauszubekommen, ist das höchste Ziel eines Grillenlebens, sie sägen auf sich selbst zu. Ein Beispiel für uns alle.«

In der nun folgenden Stille lauschen sie alle dem Geräusch der Grillen.

»Wer bin ich, wer bin ich«, summt Schramm, und ein alter deutscher Schriftsteller, der sich ebenfalls mit einem gegabelten Hirtenstab bewaffnet hat, zieht sein gotisches Gesicht in die schmerzlichen Falten des geplagten Menschen und sagt: »Thomas Mann... ich meine, Thomas Mann...«, und schweigt dann plötzlich. North geht zu ihm und streichelt ihm über den kahlen Schädel, schaut dann auf seine Hand.

Sie hat sein Gesicht unter das ihrige gezogen und macht es hier und da mit der Zunge naß, während der Spanier zwei Sträucher weiter scheu und ängstlich zuschaut. André hört ihre Zunge in seinem Ohr arbeiten, darunter jedoch, wie eine mystische kleine Maschine, das Geräusch der Grillen, die sich kaputtsägen auf dem Weg zu sich selbst, ein immerwährendes Geräusch. Eine wunderbare Parabel, denkt er, nur North kann sich so etwas ausdenken. Jemand läßt von oben eine geschlossene Flasche hinabrollen, er aber rollt sie weiter, bevor sie sie fassen konnte. Dafür schlägt sie ihn, doch er wendet sich von ihr ab, denkend, ich werde weniger, immer weniger, durch jede Erfahrung werde ich weniger, ich kann zuschauen, wie ich verschleiße. Ist es Selbstmitleid, daß ich das denke? Er schließt die Augen und denkt über sie nach. Heute abend liege ich mit ihr in einem Bett, und ich weiß noch nicht einmal, in welchem. Während er sich auf die Finger beißt, fragt er sich, ob er sie begehrt, aber selbst das weiß er nicht, es ist alles bereits passiert, es muß sein.

Es gibt nicht einmal ein Wort dafür, was mit mir passiert, denkt er. Und alles, was vor sich geht, bedeutet nur eines: daß ich weniger werde. Der Mensch wird von mir abgeschliffen, die Antworten auf das Rätsel nutzen sich ab, nur das Rätsel bleibt, ein Rätsel und niemand, der es lösen könnte, also noch kein Rätsel. Schnell noch eine vage Meditation über das Schreiben, aber schon hat er wieder über seine eigenen Gedanken gelacht, die nichts bedeuten, nicht einmal für ihn, weil sie so unklar sind, und außerdem ist sie mit ihrer Hand unter sein Hemd gefahren und beginnt vorsichtig nach ihm zu tasten, das mußte seine pathetische Bilderreihe ja unterbrechen, er lauscht dem Geräusch, sinnliche Ameisen, vergräbt aber doch den Kopf in der lauen Kuhle seiner Arme, um das Licht nicht sehen zu müssen, und jagt weiter, ganz langsam, hinter seinen Gedanken her. Nicht einen von ihnen holt er ein, er kann nicht denken. Während er zwischen seinen Empfindungen, seiner Angst dahintreibt, versucht er seine Entfremdung zu entwirren, doch er segelt in ein atemloses Niemandsland: Ich existiere ja gar nicht.

Er schiebt ihre Hand weg und sagt im Ton eines Sechzehnjährigen in einem Debattierklub: »Und wozu bist du nütze!?«

Sie rollt sich über ihn und sieht ihm ins Gesicht, ungläubig.

»Was meinst du?«

Er dreht sich weg und gibt keine Antwort, doch sie setzt hinterher, und dann sagt er, halb zu sich selbst: »Wenn man sich vorstellt, was ich alles wüßte, wenn ich gelernt hätte zu denken.«

»Unsinn.«

Er schüttelt den Kopf. »Nein, nein.«

»Ja, ja. Was du meinst, hätte für dich keinerlei Sinn

gehabt. Du bist ein Schauspieler. Ein Schauspieler, der sich selbst ständig sieht, mit der Landschaft und der jeweiligen Umgebung als Entourage. So erfährst du doch nie etwas, und wenn du anfängst, darüber nachzudenken, verpfuschst du auch noch deine Rolle.«

Verärgert, wie immer, wenn jemand etwas über ihn sagt, steht er auf. Es fehlte noch, daß sie dazu auch noch ihren Kommentar abgibt, aber sie sagt nichts mehr. Sie ist hinter ihm aufgestanden und nimmt ihn an der Hand und zieht ihn in rasender Geschwindigkeit den Hügel hinunter, und er läßt sich mitziehen, seine Beine kommen nicht mit, und brüllend vor Lachen fallen sie zusammen in eine niedrige Strauchgruppe und bleiben zwischen den Zweigen liegen, die sich schmerzhaft wieder aufzurichten beginnen.

»Stell dich nicht so an«, sagt sie. »Sag mir noch mal, wie du heißt.«

»André, André«, er merkt, daß sie den Namen nicht mag, sie wirft das Wort in den Nachmittag, und unwiderruflicher denn je bricht er von sich selbst los und hört sich noch einmal seinen Namen sagen. Seinen Namen, der er nicht ist, der er ist.

Oben auf dem kleinen Hügel sind die anderen ebenfalls aufgestanden, und gemeinsam, sie wieder stehend, er liegend, schauen sie zu den kupferumrandeten Silhouetten vor dem Licht, und mit einem langen U kommt ihm das Wort Suche in den Sinn, und er lacht und sagt: »Es ist ein alter Traum von mir, zur Mitte von Spanien zu gehen, wo die Karte weiß ist und völlig leer, und da zu bleiben.«

Leise und fast lachend fügt er hinzu: »Um zu leiden.«

Sie öffnet den Mund, um etwas zu sagen, sagt es aber nicht. Sie dreht sich um und klettert den Hügel hinauf, leicht keuchend, und er weiß, daß sie das tut, um ihren

Abscheu vor dem, was er gesagt hat, zu verbergen, und auch das ist wieder ein Grund, ein wenig zu lachen, wenn auch weniger überzeugt. Und trotzdem, in dem Spiegel, den er sich selbst vorgehalten hat, war es nicht schlecht: Gesichtszüge à la Johannes vom Kreuz, verstärkt durch die desolate Landschaft hinter ihm, blinde, weiße Augen und an deren Innenseite, nur für den Eigentümer sichtbar, die ersten Anzeichen von Wahrheiten, durch Leiden erworben. Trompetenmusik. »Hey Dutchman, hey hey«, schreit der Ire von oben und wirft mit aller Kraft eine halbvolle Flasche hinunter. Er fängt sie, und sie hat es gesehen. Zufrieden mit sich selbst klettert er trinkend zu den anderen hinauf. Aber ist die Landschaft noch länger nützlich? Nein, sie verdirbt, sie ist verrottet.

Ich denke, ich denke, Unheil ist im Anzug, sagt er zu sich selbst und erinnert sich, daß er gedacht hat, vor einer Minute, im vorigen Jahr?: Ich werde die Geschichte eines Verrückten.

Als er sich umsieht, weiß er auch, daß sie es genausogut tun kann wie Spanien als Ganzes, ihn in seine Leere schicken auf den Kreisen, auf denen er sich dreht. Schließlich braucht sie nichts zu verdeutlichen, er weiß schon jetzt, daß sie alles mit ihm tun kann, sogar ihn vernichten, falls sie das will, jeder könnte das, aber sie ist genau zur rechten Zeit gekommen, nicht zufällig, sondern weil er es will; das düstere Verlangen nach Scheitern wächst weiter in ihm und auch der damit einhergehende Ekel. Er bleibt stehen und will einen Anfall bekommen. Will soviel Angst bekommen, daß er wieder schreien und kreischen darf wie zu Zeiten, wenn er allein ist – aber jetzt, da es geschehen soll, geschieht es nicht, er dreht sich wie eine Puppe in seinem eigenen Unsinn, die Landschaft mit diesen Figuren darin ist wie ein Sack über seinen Kopf geworfen, und die

Stille nagelt sich an ihm fest. Mühsam, als wäre es das erste Mal, setzt er sich wieder in Bewegung nach dieser Entrückung.

An der nächsten Hügelkuppe ist die Insel *eine* große Sterbende unter ihm, er wird die Augen suchen müssen, um sie zuzudrücken, und lange steht er daher über dem glänzenden blinden Auge eines Brunnens auf einem Bauernhof.

»Springst du?« Es ist Schramms Stimme, die das fragt, eine Mischung aus Spott und Besorgnis. Froh, daß er zumindest das erweckt, blickt er zum Maler auf und fragt hoffnungsvoll: »Sehe ich so aus?«

Schramm wirft den Kopf in den Nacken und pfeift geringschätzig durch die Zähne.

»Du siehst nach allem aus! Weißt du, was du tun müßtest?« Erzieherische Pause. »Arbeiten!«

Dieses Wort schiebt ihn wieder an den Rand des Schachbretts zurück, für einen Augenblick. Mit einem hölzernen Bauernauge, doch noch einen Moment lang er selbst, überblickt er das Schlachtfeld. Umgefallener König, eingestürzter Turm, die Pferde unterwegs auf dem Schlachtfeld, und die Königin mit Claras Gesicht, leicht vergrößert, das nein sagt.

Nein.

»Dieser Nachmittag ist nicht fröhlich genug«, sagt Schramm noch und schiebt ihn vom Brunnen weg. »Laß uns gehen.«

Viel später am Nachmittag kommen sie nach San Vicente. Er hat das Rotieren seiner Gedanken gestoppt, hat mitgesungen, hat sie gestreichelt und mitgeflüstert in einem Spiel der Versprechungen (was sie sich in dieser Nacht antun werden), es wird doch noch ein Nachmittag für Schuljungen, und er ist fröhlich. Nicht denken, nicht denken. Und: Ich gehöre dazu! Wir sind unterwegs irgendwohin. Und auch noch: Ich habe eine Freundin.

Sie sind wieder am Meer. Der Sandweg windet sich über hohen Felsen am Rande eines Abgrundes entlang, in diesem Abgrund ist das Meer sprunghaft und weiß, weiter entfernt wird es ein immer mehr Licht sammelndes Firmament, in das sie kaum schauen können, und auch hier, auf dem Land, sind alle Farben unsinnig, und die Luft flimmert auch noch. Eine halbe Stunde später liegen sie nach einem schwierigen Abstieg an einem Strand mit großen, weißen rundgeschliffenen Mondsteinen, Cala San Vicente. Genau vor ihnen zischt das Wasser, springt etwas auf sie zu. Er atmet die kühle, salzige Luft so tief wie möglich ein und würde am liebsten schwimmen. Sie liegt neben ihm und streichelt sanft seine Arme – »was denkst du«, fragt sie wieder, »was denkst du?«

»Der längste Tag meines Lebens... Nicht nur die Zeit, sondern auch ich und die Landschaft, alles wird in die Länge gedehnt, dies ist der längste Tag, und wenn er zu Ende ist, breche ich. Der allererste Beginn des Brechens.«

Doch wieder romantisch, denkt sie, und mit einem gewissen Abscheu zieht sie die Hand zurück und weiß, daß sie ihn nicht öfter will als ein Mal oder nicht länger als eine Woche...

Vielleicht sollte ich gar nicht erst mit ihm anfangen – dieser Gedanke kommt ihr, als sie auf seine langen, veredelten Fingerspitzen schaut. Taugen zu nichts, diese Hände. Sie läßt einen Kieselstein auf seine Hand fallen, trotzdem überrascht sie der Haß, mit dem er sie anschaut.

»Das mußt du nicht tun«, sagt er, und auch für sie verlangsamt sich der Nachmittag plötzlich, immer langsamer bricht der Abend an, hinter ihnen, in den Hügeln, und winkt mit seinem großen Körper der Meeresfläche.

Grau, grau, und sie stehen auf, immer verlorener, und gehen landeinwärts, ein Tal entlang, zwischen den Hügeln, ein kleiner Weg, niedrige Fincas.

Natürlich bellen die Hunde. Er ist jetzt sehr müde, sträubt sich aber nicht, als sie sich wieder an den Aufstieg machen. Schramm hat alle strategisch aufgestellt, denn der Eingang zur Grotte ist nirgends bezeichnet, und von unten sieht der Hügel aus wie eine geschlossene Strächerfront, Astartes Grotten sind nirgends zu sehen.

So, locker verteilt, arbeiten sie sich den dunklen Hang hinauf, Tiere mit ihren Rufen aufschreckend und selbst ein wenig ängstlich, als wäre nicht erlaubt, was sie hier tun. Von Zeit zu Zeit hört er sie rufen und denkt, ihre Stimme, aber er ruft nicht zurück. North findet als erster die Grotte, eine kalte und feuchte Höhle.

»Hier wurden Astarte die Jungfrauen geopfert«, flüstert Cyril, und sie versuchen sich das vorzustellen, daß dort der Astarte Jungfrauen geopfert wurden, und sogar noch etwas wie Mitleid zu empfinden oder was auch immer, doch der Moment ist unauffindbar und damit auch die Emotion, und die tropfenden roten Wände der Grotte wissen nichts davon. Er geht auf die camparifarbenen eiskalten Wände zu. Die Suggestion von Blut liegt auf der Hand, und vielleicht kann er es deshalb nicht lassen, wieder und wieder über diesen betränten Stein zu streichen, aber seine Hand wird nicht rot.

»Beten, Schramm, beten!« Das ist North. Und sie lachen, erschrecken aber trotzdem, als die Stimme des Malers in die Höhe schießt, ein seltsames hohes Geheul, das ihnen auf die Kehle schlägt. André spürt, daß sie nach seiner Hand faßt, denn das Geräusch, das Schramm macht, prallt ringsum von den Wänden ab, es ist ein Flehen und Drohen, aber noch viel schlimmer als das: Es sind Laute ohne Worte, die Sprache, in der der Maler seine Gebete jammernd hervorstößt, gibt es nicht, er bildet Worte mit langen, kranken Vokalen und slawischen Kehllauten und er tanzt vor ihnen hin und her im Schein einer kleinen Taschenlampe, springt vor eine Nische in der Wand, mit dem Rücken zu ihnen, den langen, dünnen Körper wie einen verwundenen Ast hin und her schüttelnd, bis North ihn um die Mitte faßt und mit den Worten »stop that, you damn idiot, stop it stop it« hinausschleppt, aber die einzige Antwort, die er erhält, ist Gelächter, unbändiges Gelächter, wobei der Maler zukkend über den Boden rollt und North durch Fußtritte immer weiter fortjagt.

»Das hat man davon, wenn Maler anfangen zu beten«, sagt Cyril und macht sich, den Stock vorgestreckt wie ein Blinder, wieder an den Abstieg, wobei er sich am Licht der fonda unten im Tal orientiert. Während des langen Abstiegs zieht die Nacht ihre Tücher über die Insel. Astarte selbst scheint mit ihrem kältesten Eisen am Himmel, hilfreich.

14

So viele Stunden später. Wolken ziehen in großer Zahl über den Himmel, fast immer, ohne das helle Licht des Monds zu berühren. Das einzige Taxi, das bereit war, sie nach Santa Eulalia zu bringen, durchpflügt den Sand des Hügelwegs wie ein einsamer Panzer bei einem Feldzug, jeden Augenblick können sie beschossen werden, in einen Hinterhalt geraten.

Sie lehnt betrunken an seiner Schulter, ihr Spanier ist als unbewegliche Form neben dem Fahrer festgepinnt und wartet auf sein Drama.

Er selbst läßt einen langsamen Kriegsfilm vor seinen Augen ablaufen, Fragmente einer alten, flimmernden Nachrichtensendung, Panzer mit deutschen Kreuzen, die aus den Oleanderbüschen in den dünenartigen Hügeln auf die Bildfläche rollen können, wunderbar grau und schön beleuchtet vom Mondlicht, Wölkchen in den Himmel sprühend, Wölkchen Tod, die ihren eigenen Panzer bei der ersten Berührung zerstören, aufschlürfen werden. Er fühlt, wie auch er etwas schrumpft und grimmiger wird, den Ausmaßen eines Panzers besser angepaßt, und zielt präzise mit dem Zeigefinger auf den Spanier und erschießt ihn.

Was für ein Tag! Sein ganzes Leben ist in einen einzigen Tag leergeströmt, alles, was er als seine Vergangenheit bezeichnen konnte, diese prächtige amorphe Luftblase voll rührender Geschichten, hat sich gestrafft und nach den Ereignissen einzig und allein dieses Tages ausgerichtet und ihn auf einen offenen, hellen Platz geschleudert, auf dem sie bereits war.

»Und es ist nicht einmal Liebe«, sagte er leise, aber über dieses Wort gab es wieder Gelächter, und er mußte sie anschauen, diese fast zauberhafte Häßlichkeit, die so betrunken an seiner Schulter dem Rütteln des Autos folgte.

Und jetzt muß ich auch noch mit ihr ins Bett. Sie öffnete die Augen und sah es ihn denken und mußte lachen. Sie zog sich an der Schlaufe neben ihrem Fenster hoch und flüsterte: »Dies hat doch keine wirkliche Bedeutung.« Das kam sehr vornehm, da sie wußte, wie hart es ihn treffen würde, sie hatte schon vorher gewußt, daß sein Gesicht sich plötzlich noch mehr verkrampfen, daß er die Luft kurz zwischen den Zähnen einziehen würde.

Sie kamen nach Santa Eulalia. Sein Auge notierte die

weißen viereckigen Formen der Häuser zu beiden Seiten und sah, daß sie auch an Marcos Terrasse vorbeifuhren. Später, nahe der Brücke, über die er an diesem Nachmittag zu ihr gefahren war, nahm das Taxi eine scharfe Biegung nach rechts und fuhr einen hohen Hügel hinauf.

Sie stiegen alle drei aus. Er bezahlte das Taxi und drehte sich dann um, sah zum Haus. Es war hoch und weiß und hieß Villa Gertrudis. Durch ein Tor aus zwei viereckigen Pfeilern, gekrönt von bizarren Geranien in hohen Töpfen, traten sie ein. Der Spanier versuchte, mit einem Schlüssel vor ihr ins Haus zu gelangen, doch sie schlug seine Hand weg und sah ihn einen Augenblick lang an. Wieder machte er Anstalten hineinzugehen, aber sie schüttelte langsam den Kopf: nein, und er trat einen Schritt zurück und sah André an.

Sie machte eine Geste, im Sinne von: regel du das, und er fühlte, wie er zu schwitzen begann. Sie war bereits weitergegangen, aber auf der Hälfte des Flurs (ihre Schuhe wie eine Uhr auf dem Steinfußboden) hörte er, wie sie zurückkam. Natürlich, dachte er, das wird sie sich nicht entgehen lassen, womöglich gibt's einen Kampf. Um sie! Er scharrte mit dem Fuß über den betonierten Gartenweg und sagte zu dem Spanier: »Du gehst jetzt besser.«

Der Mann sah ihn an, ohne Wut, eher mit etwas wie Erstaunen im Blick, und schüttelte dann den Kopf. Er sagte etwas auf spanisch zu ihr, und als das nichts half, begann er die prächtigsten Posen einzunehmen, Kummer, Verzweiflung, flehend zum Himmel erhobener weißer Arm, zitternder Schnurrbart. O Gott, jetzt noch Tränen, dachte André, begreift der Idiot nicht, wieviel Freude er ihr bereitet, und während die Amateurvorstellung voll weiterlief (du bist mein ganzes Leben, und andere spanische Sätze), trat er vor und versetzte dem Mann einen Stoß.

»Vaya, vaya«, sagte er, und der Mann brachte die Bewegung seiner Augen zum Stillstand und sah ihn wieder an, alle schlechten Nächte und aller Unsinn und ihre Verachtung, und es war, als sähe er in sein eigenes Gesicht, ein Wattegesicht, zu allem Kummer bereit, gefaßt auf jede Demütigung, o, welch Spiegel der Zukunft wird mir hier vorgehalten, dachte er und schlug mit solcher Wut in dieses Gesicht, daß der Mann aufheulend zurücktaumelte und wie ein wimmerndes Ornament am Pfeiler hängenblieb, die Nacht voller Schluchzer und Verwünschungen. Sie drehte sich noch um für den Gnadenstoß, etwas im Sinne von »ein Offizier willst du sein?« oder »also so was, diese spanischen Offiziere«, doch er schob sich, noch immer wutzitternd, an ihr vorbei ins Haus, und während er sich die Hände wusch, blickte er den monderhellten Gartenweg hinunter, Szene aus meinem Leben, Foto SX 1200, Einstellung: sie in der Tür, der Schatten der geöffneten Tür ausgehauen auf dem Gartenweg, zwei Pfeiler als Abschluß. Dahinter Schwärze, Meer, Nacht, und der jammernd an den Pfeiler gedrückte Mann, der nach seinen maletas schreit und nach Geld, das er ihr gegeben hat. Palmen, rrs, rrrs, und das Lispeln länglicher Oleanderblätter, schreib's nur auf.

Er schüttelte sich das Wasser von den Händen und trocknete sie in ihren Haaren, aber der Schlag, den er dem Mann versetzt hatte, hatte sie noch weniger getäuscht als ihn selbst, die Verachtung lag bereits in ihren Augen, wie zuvor die Listigkeit, mit der sie sich die Verachtung nicht anmerken lassen wollte. Sie zog ihn mit in ein dunkles Zimmer, auf ein Bett und begann ihn zu beißen und zu küssen, doch er riß sich los und ging zum Fenster.

Leise trat sie zu ihm und fragte, wohin er schaue. Er legte einen Finger auf seine Lippen und deutete auf die weiße Gestalt des Spaniers, der, sich von Zeit zu Zeit umsehend, mit seinem Koffer um eine Biegung verschwand.

»Und?« fragte sie, »und?«

»Das bin ich«, sagte er. »Ich.«

Sie packte ihn an den Schultern und drehte ihn zu sich um. »Aber dafür nehme ich dich nicht«, sagte sie, »dafür nehme ich dich nicht.« Und langsam, als hätten seine Worte sie betrübt, wanderte sie durchs Zimmer zum Licht und machte es an.

Er sieht sie, er sieht, wie das Zimmer bricht und sich verschiebt im Licht, sieht sie mit dem eisernen Gesicht in der Ecke, in der ein Spiegel mit einem Holzrahmen hängt, darüber die schwarze Fahne eines Kleides. *Das verbrennende Schreiben.* Er denkt es und denkt, was bedeutet das? Und immer wieder drängt sie sich in seine Gedanken, dieselbe süße mexikanische Zeile »aunque a veces la suerte nos pague« und das *verbrennende Schreiben.* Den Fuß um einen Millimeter verrücken und gleichzeitig diese Verbrennung mitschleppen, die Seele seines Schriftstellers, der brackig und bleich auf den Rosten liegt und sich krümmt wie ein Streichholz!

»Obwohl zuzeiten das Schicksal uns schlägt« ... er jagt nun eine ganze verkrüppelte Armee von Soldaten, die sich selbst lieben und küssen, vor schmutzigen Spiegeln in die längsten Sekunden seines Lebens, Sekunden, in denen die Angst ihn hochhebt und jenseits der Grenze absetzt, an der seine früheren, deutlichen Ängste haltmachten, in jedem Hohlraum seines Körpers schreiend erleidet er den schlimmsten Schwindelanfall, jetzt ist nicht nur die Welt von ihm abgebrochen und die Worte, sondern er bricht von sich selbst ab, und wieder und wieder setzt die versagende Maschine seiner Sprache (das überdrehte kindliche

Maschinchen seines Berufs) an und sucht nach Vergleichen, Metaphern, aber ihm fällt nichts mehr ein.

Sie wird zu ihm kommen, sich nicht ihm nähern, sondern bei ihm *erscheinen*, er wird ihr Gesicht sehen, und sie wird ihn fragen, was er hat, denn was hat er? Mit dem Fuß nach Worten tretend wie ein Ertrinkender nach festem Grund empfängt er sie, und sie sieht in seinen Augen, was ihm gestohlen wird, was er sich selbst stiehlt, wie er den Traum eintauscht gegen den Schrecken, sein Kind gegen den Toten, der er sein wird, seine Erwartungen gegen das Einfrieren seiner Erwartungen, er stirbt, aber das ist nicht genug, sie stirbt, die Menschen sterben, die Erde rollt, kleiner werdend, davon, niemand hat je von diesem Planeten gehört, es hat nie jemand existiert, denn das frißt an seinem existierenden Körper. Es hat nie jemand existiert. Von dort aus sieht er sich selbst schrumpfend und schwellend in der Leere, die nicht da ist und die da ist, und mit dieser eisernen Trennungslinie zwischen seinem Körper und dem späteren Tod seines Körpers kann er nicht leben. Sie kann das Jammern, das nur leise eingesetzt hat, nicht ertragen, aber ob Schlagen oder Streicheln, nichts nimmt die Asche seiner Visionen aus seinen Augen, seufzend und laut weinend wälzt er sich zum Fenster und kriecht zurück zur Anekdote seines Lebens. Die nicht wieder rückgängig zu machende Veränderung, hundertmal angekündigt, hat endlich stattgefunden. Mit einem angefeuchteten weißen Tuch wischt sie die Nässe unter seinen Augen, um seinen Mund weg, das Zittern heilt langsam, der Kranke geht zum Bett und paart sich mit ihr wie eine Puppe, mit dem bitteren Gedanken (das wird schon wieder funktionieren, oder hat es nie aufgehört?), während er auf die wirkliche Leidenschaft unter sich schaut – seufzendes Zur-Seite-Drehen des Kopfes, so schwach auf einmal, als könnte ein lauer Wind vom Strand dies bewirken. Das Anrufen seines Namens. Sie weiß nicht, daß er nicht länger gültig ist, doch das Leiden, auch das des Namenloswerdens, ist ein heilkräftiges Kraut, das man verabreichen kann. Er denkt auch, das Letzte trete ich ab, und produziert wegen der Lächerlichkeit dieses Gedankens noch eine Art von innerem Kichern. Schließlich möchte er in ihrem Vogelgeschrei noch etwas lesen, bloß was?

Danach fällt er ordentlich auf die Seite, das Visier zur viereckigen Nacht geöffnet, während er gleichzeitig in seinem Leben sowie seinem Nichtleben denkt und die Gefährlichkeit dessen in der Angst schmeckt, die jetzt wirklich nirgends mehr nicht ist, und denkt, vielleicht hat sie es ja gar nicht gesehen, und plötzlich hört er auch dieses Geräusch, das er gehört haben muß, als er da stand, gluck eins zwei gluck eins zwei gluck, des Nachttiers draußen und die Farbe des Monds, und wie sie gar nicht zu ihm kam, sondern er zu ihr gegangen ist und das Laken von ihr gezogen hat, oder war es nicht so? Jetzt, jetzt, da er seine Augen von der viereckigen Nacht abgewandt hält und auf ihren Körper blickt und ihn mit Metaphern bedenkt, ihr Bauch ist und ihre Brüste... als ob sie... Schultern, die Fläche ihrer Haut, alles kommt an die Reihe, und sich erinnert, daß sie etwas über Körper und Sterben gesagt hat an diesem Nachmittag, so etwas wie: wir sind nur unsere Körper, und: wenn er weg ist, sind wir tot, und: der Raum, den wir jetzt einnehmen, der dann plötzlich leer ist – und mit überheblichem Selbstmitleid weiß er, wie unsäglich viel größer und beeindruckender seine Angst ist, eine Leere, die beständig in ihm ausströmt, ein wahnsinniges Recht, das niemand mit normalen Ängsten ihm mehr nehmen wird – doch in dieser durcheinandergewürfelten Landschaft: Wüste, fettiger grüner verdorbener holländischer Sommer, Eisschollen hie und da, kahle spanische Berge, fährt auf einmal, ohne Vorwarnung, dieses Auto mitten durch diese Landschaft, das Auto, dem er sofort einen Namen gibt, das Auto der Wahrheit: daß er sterben will.

»Nein nein nein nein«, sagt er und fängt an, sich im Bett hin und her zu werfen, und sie setzt sich auf und berührt ihn, doch er dreht sich weg und stöhnt und, hastig an den Laken zupfend, sich hochziehend und abstoßend, rennt er zum Fenster, hinter dem sich die Nacht befindet, die genausogut heiter hätte sein können, klammert sich am Fensterrahmen fest und versucht, sich zu übergeben, spuckt und läßt seinen Magen Wellen hochjagen, aber nichts geschieht, kein Essen, kein Getränk, keine Seele verläßt seinen Körper, und in der Klarheit, die dann wieder für einen Augenblick herrscht, sagt er, doch wieder Theater, nichts ist so schrecklich, als daß es nicht doch wieder mit Worten spricht, und durch seine Stimme, »da hast du dir was Nettes ins Haus geholt«, vielleicht auch, weil er weiß, daß sie mit beiden Händen die Schwesternrolle ergreifen wird, die ihr jetzt geboten wird. Sie führt ihn vom Fenster weg, legt ihn ins Bett, sagt, daß es schon vorbeigehen wird, daß es vorbeigehen wird, daß es vorbeigehen wird, benetzt ihn mit Wasser, gibt ihm Schlaftabletten, er dreht und krümmt sich unter ihren Händen, und als er sich beruhigt, leiert er, bevor die Tabletten ihn mitnehmen, die letzten Gebetsrollen herunter, wahrhaftig noch mit humanem Einschlag, im Sinne von: was hat dieses Getue (Getue!) von mir zu schaffen mit dem wirklichen, in die Zeit gesetzten (was kann er damit meinen? echte Krankheiten? oder Konzentrationslager? die Erniedrigten und Getretenen?), mit dem bestehenden Leiden der anderen – der echten Menschen –, und dann schläft er ein – jemand, der zum erstenmal wirklich hat sterben wollen?

15

Ein Zögern noch und lieber in dieser Welt der Schatten Bleibenwollen. Doch er wird an den Strand seines Schlafes gespült und baut sich selbst vom Nächstgelegenen her auf: einer Frau, die neben ihm schläft, Bett, Fußboden, der wilden Wand mit dem Fenster, durch das er die grauen Oliven sieht und Palmen und den weißgespannten Himmel. Da liegst du nun, lieber Freund, und wälzt dich auf dem Kissen, um in dessen Wärme den Schlaf wiederzufinden, denn du willst nicht. Ganz vorsichtig beginnst du zu denken. Der Schmerz, mit dem seine Angst dieser Nacht wiederkehrt (nicht wiederkehrt, mit dem er sich an sie *erinnert*), bestürzt ihn für einen Moment, und diese Bestürzung ist zugleich Haß und Scham. Er haßt sich und schämt sich, denn seine Angst, das ist *er*, und er weiß es. Es gab nichts, was ihm zugestoßen ist oder ihn überfallen hat, es hat nicht einen einzigen Moment in seinem Leben gegeben, der nicht dorthin geführt hätte, es gibt nicht einen einzigen Moment in seinem Leben, der nicht dazu beigetragen hätte, diese Angst von gestern zu erzeugen. Er sieht neben dem Bett ein Päckchen Ideales und zündet sich eine an. Sie wird wach vom Geruch und steht auf. Sie ist nackt, er wendet den Kopf ab.

»Wie fühlst du dich«, fragt sie.

»Gut.«

Sie kommt auf ihn zu und küßt ihn auf die Augen. Als sie sich über ihn beugt, spürt er ihre Brust auf seiner Schulter, und er zittert und klammert sich flehend an sie.

Sie streichelt ihm kurz übers Haar und löst sich. Er erhebt sich und geht zum Fenster. Das Dorf liegt links unter ihm, und er sieht den Kiosk, wo sie gestern gesessen haben. Unter dem hohen Baum sitzt eine kleine Gruppe von Leuten, aber er erkennt niemanden, es ist zu weit. Die Hauptstraße, die von dem kleinen Platz aus nach San Carlos führt, schneidet das Dorf in zwei Teile. Calle Mayor. Gleich hinter dem Dorf beginnt die grüne See, die sich glatt hinzieht und erst viel weiter weg zum Grau des Morgens verblaßt. Kleine Boote. Er zieht mit der Hand ein paar Blätter vom Olivenbaum dicht vor dem Fenster. Sie sind noch naß, und er reibt sich damit durchs Gesicht.

»Hast du das öfter?« Sie hat sich hinter ihn gestellt, hat ihn auf den Hals geküßt. Er denkt, nicht ja sagen, das ist nicht erlaubt, ist zu gefährlich, und er denkt, habe ich das öfter? nicht das, nicht so, und er sagt: »Nein, nie, ich glaube, ich war übermüdet«, und im selben Ton fügt er hinzu: »Ich bin verliebt in dich.« Warum auch nicht. Vielleicht ist es ja so. Er sieht ihr gedankenverloren nach, als sie in ihren patas über den Steinfußboden aus dem Zimmer schlurft, mit wehendem Morgenmantel.

»Ich bin verliebt in dich«, sagt er noch einmal, diesmal allgemeiner, IIIEII, nein, IIE-IEII! Im Dorf geht ein Mann mit einer Glocke die Hauptstraße entlang und schreit: »Pescado muy fresco y gambááás, cigalas!, gambááás.« Er denkt »was soll ich jetzt machen?« und räubernd und neugierig spähend streift er zwischen den Momenten seines Lebens umher, vielleicht auch mit einem gewissen Heimweh, jeder Moment ist ein Teil der Art und Weise, wie er hier steht, dekoriert mit einem Fenster in einem verputzten Haus in Santa Eulalia del Rio, aber ist das Zurückspulen des Films die Erklärung für den Film? Ist aber jedenfalls der Film. Und dann wieder das Aufzählen, das wie immer an die Stelle des Denkens treten muß, er selbst in Paris, er selbst in einem Schiff über den Ozean fahrend, und jemand, der neben ihm steht, als er mit einem Knäuel Drahtwolle den rostigen Boden des WCs scheuert, während die See ihn immer wieder an die Wand stößt und ihm schlecht ist und er es nicht zu sein wagt, er selbst mit einer Negerin im Senegal, er selbst während der Pause eines Theaters am Leicester Square, als bestünden alle Theater, alle Frauen, der Ozean, Paris nur für ihn, die Welt eine Bühne, die Menschen Statisten, und noch nie auch nur ein Mitspieler oder: er als einziger und folglich verunstalteter Zuschauer, verrückt geworden vor Teilnahmslosigkeit, ein Auge, das versucht, Mensch zu werden. Sie tritt wieder ins Zimmer, mittlerweile angezogen.

»Kommst du mit, Kaffee trinken, unten?«

Er tritt ans Bett, um seine Kleider zu holen, und zieht sich an. Bevor sie zusammen aus dem Zimmer gehen, hält er sie fest. »Ich möchte hierher kommen und bleiben«, sagt er.

Ohne das Gesicht umzudrehen oder ihre Position zu verändern, sieht sie ihn an und sagt: »In Ordnung.«

Als er die Tür hinter sich zuzieht, hört er, wie es draußen plötzlich leise zu regnen beginnt, und als er in diesem Regen dahingeht, ist ihm, als könne er von nun an jeden Gedanken an die Panik dieser Nacht unterdrücken. Aber er weiß, daß das nicht stimmt, oder vielleicht will er nicht einmal, daß es stimmt. Er weiß, daß er zurückkehren wird und zurückkehren wird, bis er zerstört ist. Ob das melodramatisch ist, weiß er nicht genau. Auch dieser Gedanke läßt ihn schließlich erschauern.

16

Sie folgen einem schmalen Weg den Hügel hinunter. Links und rechts stehen wahnsinnig gewordene Kakteen, größer als Menschen. Sie haben keine Augen, denkt er und beugt sich vorsichtig vor, um irgendwo zwischen den Stacheln eine kleine Blüte zu pflücken. Sie steckt sie in ihr Haar, das vom Regen bereits naß ist, und in einem Anflug von Fröhlichkeit gibt sie ihm die Hand, und so gehen sie, Unsinn redend, bis zum Kiosk.

Schramm, North und Cyril sind bereits da und begrüßen sie überschwenglich. North erhebt sich schwankend, um sie zu küssen, und sagt zu ihr: »Did you catch the beautiful white fish? Tender meat, talala, tender meat, tielelie«, und sie drückt ihn auf seinen Stuhl zurück und taucht den Finger in sein Rumglas und fährt damit über seine Brillengläser, so daß er kurzzeitig kaum mehr etwas sieht und wie eine brabbelnde Puppe nach André tastet, um ihm die Hand zu geben.

Er merkt, daß Schramm, der einzige, der nicht trinkt, ihn mit einer gewissen Gespanntheit ansieht, und er sagt: »Ich ziehe um nach Santa Eulalia.« Der Maler zuckt mit den Achseln und sagt: »Wohl um besser zu arbeiten?« »Arbeiten«, murmelt North, »Schreiben ist nicht Arbeiten. Schreiben ist Sein. Das sollte genügen. Any idiot can write. Any damn idiot can...«, und er verfällt in ein barsches Schweigen, aus dem er von Zeit zu Zeit aufspringt, um zu fragen, ob sie zusammen ein Taxi nehmen wollen. Sie sagt jedesmal: »Nein, wir nehmen den Bus.«

»Den Bus?« Cyril legt den Kopf schief, so daß er sie noch hungriger ansehen kann. »You cannot possibly take the BUS! Look at this eNORmous quantity of FAHmers, my dear... you won't get a seat at ALL! and besides, they all smoke POTA! That will kill the lot of us!« Ihm wird jetzt schon schlecht davon und er führt eine Pantomime auf, wobei er die Wolken Inseltabak von sich wegfächelt und das Gesicht verzieht, als bekäme er keine Luft. »I cannot stand POTA, I love them all, but I just cannot stand POTA!«

»Willst du ein Taxi nehmen«, fragt sie ihn, und North fährt dazwischen: »Oder ist das dem alten Herrn Peseta nicht recht? Es sind nur dreißig Pesetas pro Mann.«

Und also nehmen sie ein Taxi. Die Straße, die Landschaft, zurückgespult. Hier fuhr ich gestern entlang, und bin ich hier und jetzt noch derselbe? War ich gestern weniger oder bin ich heute weniger? Kein Geschrei mehr, die Sonne ist hinter den Hügeln verschwunden, der Regen färbt das Grün der Landschaft nach, das ist alles. Diese Überlegungen!

Schon aus einigen Kilometern Entfernung sehen sie die Stadt, hoch und weiß auf ihrem Hügel, zwischen Wolken wie verschossene graue Tücher. Die Zeit, die durch sich selbst läuft. Seine erste Ankunft? Dies ist eine Stadt von großer Bedeutung. Und seine Unwilligkeit, das Schiff zu verlassen!

Sie kurven am Hafen vorbei in die Stadt. Das ertrunkene Schiff in der Sumpfecke. Das Grün ein anderes Grün. Otro verde. Hinter dem Pier wogt das Meer von der Farbe eines desinfizierten Schwimmbeckens. Er sieht sie an, versucht sie zu sehen. Warum gehe ich mit ihr? Ich muß hier bleiben, bei Schramm bleiben, und er wiederholt das, als dudelnden Refrain: bei Schramm bleiben, bei Schramm bleiben, aber er dringt nicht durch oder, denkt er, ich schaue zu scharf. Man kann nicht mit einem Messer schauen. Mit einem Messer? Ich meine, denkt er, man kann den Körper nicht von der Seele schälen. Körper und Seele, der Geruch von Internat.

Das Taxi setzt sie vor dem Domingo ab. Eine neue endlose Sitzung beginnt.

»Vicente! Viceeente, hombre! Dos rons. Y un coñac, äh, Fundador. EE para mí un Osboshne« – das ist Cyril. Sie nimmt einen absynta, und sie erheben die Gläser, beige, braun, hellgrün, wenden einander die Gesichter zu und sehen sich an, fünf böse Geister, die auf Böses sinnen. Aber auf was für Böses? Sie ziehen an den Fäden ihres unendlichen Lebens, sie öffnen und schließen sich wie manche Meerestiere, und so sitzen sie da, zwei Stunden, drei Stunden, langsame Wortfäden hängen ihnen träge aus dem Mund in der ehrfurchtgebietenden Stille des Meeresbodens. Das Wasser rings um sie ist still, still und unsichtbar wie Zeit, sanft, sanft werden sie hin und her gezogen und bewegen sich mit der Strömung mit, noch immer redend, Geschichten erzählend, die sie einander langsam verabreichen.

André macht eine Vierteldrehung in seinen länglichen grünen Blättern und starrt mit seinem sehr weißen Gesicht durch das unsichtbare Wasser, unsichtbare, kirchenförmige Luft in einer Kirche, zu ihr, zu North, der sagt: »Ekstase.«

Das versteht er deutlich, Ekstase. In aufsteigender Wut schaut er zu Boden, zu dem Felsen, an dem er festgewachsen ist, er kann nicht weg. Sie, am Kneipentisch im Domingo, sieht, wie er unruhig wird und hin und her rückt, sie weiß, daß er aufstehen will, gehen will. Seine Augen verengen sich, er atmet schnell. Noch einen Moment, denkt sie, und er schreit los oder läuft wirklich weg, was ist nur mit diesem Mann? Auf allen Seiten hängt er fest, sich jetzt zu lösen würde Sterben bedeuten, nichts weniger, Sterben... Und sich selbst lächerlich machend, denkt er, das ist soviel wie endlich Mitglied des Bestehenden werden. Dunkle Schatten über seinem Kopf. Eine ganze Sardinenflotte, die vorbeisegelt, oben, an der Grenze. Dies sind wieder Aufzeichnungen von ihm selbst, er wollte diesen Unterwasservergleich, der zu nichts führt, unbedingt bis zum Ende durchziehen und daraus dann wieder Lehren ziehen anhand unmöglicher Symbole, alles schludrig hingekritzelt, so im Stil von: das Sitzen im Domingo – drinnen, denn es regnete – vergleichen mit Sich-unter-Wasser-Befinden, das Sitzen dort in diesem Moment jedenfalls, und dann, das Leben unter Wasser unwirklich, aber das war das Bestehende, die Oberfläche, die Grenze, und darüber das wirkliche Leben, in dem gesprochen wurde, in dem er jedoch würde sterben müssen. Dieses ganze gräßliche Konzept dann auch noch mit einer Anekdote verdorben: vom Vorbeisegeln einer Sardinenflotte zum plötzlichen Lichtanmachen durch Domingo. Erklärung: Sardinenfischer machen auch plötzlich die Lichter an beim Fischen, um die Sardinen anzulocken. »Einfältig saß er da im plötzlichen Licht...« So muß es in der Tat gewesen sein, ja. Einfältig saß er im plötzlichen Licht.

»Es muy oscuro, fuera«, sagte Domingo.

»Sí hombre, sí. Demasiado! Lo que faltaba era la luz!«

»Es siempre la luz la que falta...«

You are absolutely right, old man. NO NO, he IS right. Vortrag über prähistorische Religionen, die Göttin des Lichts MEJORES NO HAY! What, what? Philips is Dutch, isn't it? PHILIPS, LUZ! It is their Spanisch slogan: mejores no hay! No better luz hahaha, the best luz is Dutch luz, hahaha! Rembrandt! Hah! Und Cyril erhebt sich, wobei er sich auf Andrés Schulter stützt, wirft mit langer, be-

bender Hand ihren Köpfen einen Handkuß zu und verschwindet hustend nach draußen in den Regen.

Clara erhebt sich ebenfalls, um zu gehen, aber jetzt will er nicht mehr weg. Ekstase. An diesem Wort Norths hat er sich festgehakt. Den Kopf zurücklegend fragt er sich, ob das gestern... wie auch immer... Ekstase war, und er weiß genau, daß es das nicht war, weil er sich auch in diesem Moment nicht in Ruhe lassen konnte. Also, wenn ich meine Angst wenigstens noch *genießen* würde...

Sie schüttelt ihn am Arm.

»Kommst du mit oder bleibst du hier?«

»Ich muß meine Koffer bei Schramm abholen.«

Sie nickt und fährt ihm kurz durchs Haar. North streckt ihm die Zunge raus und geht dann mit ihr weg. Als er sie zur Tür hinausgehen sieht, überkommt ihn, rätselhafterweise, ein Gefühl der Liebe. Er erhebt sich, um ihr etwas zu sagen, das mit der vergangenen Nacht zu tun hat, etwas, wodurch er nicht mehr der Schwächere sein wird, doch sie verschwindet, sich lebhaft mit North unterhaltend und ohne sich noch einmal umzusehen, um die Ecke, und unglücklich nimmt er seine plötzliche Zärtlichkeit zurück und wendet sich Schramm zu, der ihn die ganze Zeit beobachtet hat.

»I like her very much«, sagt er entschuldigend.

Eindringlich, wie schon einmal an diesem Tag, sieht der Maler ihn von seiner Höhe herab an und sagt: »You are ridiculous, and you know it.«

Sie nehmen den Weg über den Hügel, an der Kaserne vorbei, wo es nach Urin stinkt, wie immer, und wo ein paar schlammfarbene Soldaten an Türpfosten lehnen und in den Regen hinausschauen. Todo por la Patria, steht über der Tür. Wo der wirkliche Hügel anfängt, liegen überall Pfützen, goldener Schlamm klumpt an ihren Füßen, und wie zwei himmlische Abgesandte, goldfüßige Diplomaten gehen sie durch den Kordon den Hügel hinaufstürmender Olivenbäume, die im Wind knarren und spucken, und werfen achtlos Gebärden und Worte in die wilden Löcher, die aus der Hügelwand starren, gefangen durch Gitter, der Eingang zu den Katakomben der alten phönizischen Nekropole. Der Regen wird immer heftiger, aber sogar durch dieses Geräusch hindurch hört er das Meer hinter dem Hügel. Als sie endlich oben sind, bleiben sie einen Augenblick stehen, und die gequälte Landschaft rollt bis unter ihre Füße, von oben angefressen von niedrigziehenden Wolken, die mit weiten schwärzlichen Mündern in die Hügel und ins Meer beißen und beide dabei verdunkeln. Formentera ist jetzt nicht zu sehen, nur noch die Ratteninsel, die wie ein losgerissenes Schiff im grauen Wasser trudelt. Dort möchte ich jetzt sein, denkt er, auf diesem gejagten Felsen, auf dem niemand wohnt. Das Meer ist dort wilder als sonst irgendwo. Fontänen aus Marmor werden an den gelblichen Felsen emporgeschleudert, mit Riesenhänden knallt und drischt die Brandung gegen den Stein, wahnsinniger Cowboy mit einer Wasserpeitsche. Als sie sich umdrehen, sehen sie die Stadt daliegen, ein weißer, gebrochener Berg in einer Grube, in der nur Schatten sind, und er denkt, daß sie jetzt irgendwo dazwischen sein muß, wahrscheinlich trinkt sie oder tut weiß der Himmel was. Etwas, das mit ihm nichts zu tun hat. Wahrscheinlich denkt sie nicht mal an ihn. Ach, aber schon zieht Schramm ihn mit, und gemeinsam machen sie sich an den schwierigen Abstieg. Ein gelber ägyptischer Hund winselt sie von seinem Platz unter einem Kaktus an, ein wimmerndes Bettlergejammer, und als sie an ihm vorbeigehen, verläßt das Tier seinen Schlupfwinkel und läuft mit.

»I will call you Sucker«, sagt Schramm zu dem Hund, als sie in sein Haus gehen. »Schöner, lehmfarbener Sucker, Podenca Ibicenca.«

Der Hund legt seine spitze Schnauze unter das Knie des Malers und beginnt hingebungsvoll zu fiepen. »Ich verstehe kein Ägyptisch«, sagt Schramm strafend und nimmt das Tier mit in die Küche, wo es zu fressen bekommt. Als er zurückkommt, sagt er: »Kann nie schaden, ein heiliges Tier im Haus. Diese Hunde gibt es nirgendwo sonst, nur auf dieser Insel. Man kann sie nicht mitnehmen, denn dann gehen sie ein. Sie stammen von einer ägyptischen Rasse ab. A very good background. Life and death...« erneut ein Satz, der nicht beendet wird. Der Hund kommt wieder ins Zimmer, mit niedergeschlagenen Augen, und sucht sich den entferntesten und bescheidensten Platz aus, um sich hinzulegen.

»Ich packe jetzt meine Koffer«, sagt André.

Der Maler antwortet nicht. Er steht vor dem Bild, das er gestern angefangen hat. André sieht, daß er noch etwas daran getan hat, nachdem er weggegangen war. Mitten im Bild befindet sich ein großes, roh ausgerissenes Loch. Links ist noch der Ansatz zu einem S zu erkennen, für das Wort sun, das dort gestanden hat. Der Maler streicht mit den Händen über die Leinwand, streckt einen Arm durch das Loch, als wolle er etwas daraus herausholen, und sagt: »Ich hätte es nicht tun sollen. Man darf nie versuchen, einen Traum, was das auch sein mag, zu verwirklichen. Es ist nicht das Loch, von dem ich geträumt habe.« Er dreht sich zu André um und sagt: »Das Loch, von dem ich träume, lebte. Es war eine Leere, etwas, das *nicht* da war, das lebte, lived.« Er packt das Bild mit beiden Händen links und rechts vom Loch und reißt es mit einem einzigen Ruck auseinander und singt: »There goes the painting

›Sun‹ made by the great painter Schramm, American of Jewish descent, and destroyed by his own hands because he let a dream pervert the reality of his painting.« Murmelnd fügt er hinzu: »Probably the first kaddish for a painting, anyway.« Und dann, während er die ganze Schwere seines mystischen, schwarzumrandeten Gesichts auf André richtet, spricht er den Bannfluch aus: »For a writer, you carry too many books. For a writer, you do not work enough. You make silly decisions... you are far too much afraid. Afraid!« Noch nicht genug: die Klarheit Kastiliens, getaucht in seinen jüdischen New Yorker Akzent: »Tienes miedo tu, hombre!«

Wie damals, als er das erste Mal in einem Beichtstuhl angegriffen wurde. Gewöhnt an das Hin- und Herfließen von Sünde und Vergebung, der tödliche Schreck, als *ein*mal, *ein*mal nur die vage schwarze Gestalt, der mondähnliche Kopf, der hinter dem dicken Drahtgeflecht hängt und sauer nach altem Mann riecht, plötzlich vorschießt und Beschuldigungen zischt, nicht länger nach den Sünden schnappt und sie hinunterschluckt, dösig nickend und die alte weiße Hand bereits irgendwo im Dunkel im Begriff, ein absolvierendes Kreuz in die Luft zu schlagen, nein, sondern bösartig beschuldigt und Vorwürfe macht. Dieselbe Verwirrung von damals jetzt wieder, denn dies trifft ihn hinter der Eitelkeit und mitten in die Angst, jetzt ist er ertappt, ertappt und bezichtigt.

Er sammelt seine versprengten Truppen und flüchtet, gegen Tränen kämpfend, erst zum Bild, dann hinaus, gefolgt vom erschreckt hinter ihm herrennenden Maler. Sie stehen sich im Regen gegenüber, und er hält sein Gesicht so, daß zumindest die Tränen nicht zu sehen sind, oder sieht man auch im Regen, daß jemand heult? Er spürt, wie von den Beinen, dem Magen aus die Nervosität zur Attacke übergeht, und denkt, ich habe meine Pillen nicht bei mir, o Gott, was soll ich tun, und er schreit den Maler an, verstehst du denn nicht, du Arschloch, ich will nicht schreiben, ich will nicht! und er hört trotz des Windes Schramm schreien, you are a coward, coward, und er denkt, ich will nicht, weil ich es nicht kann, ich sehe alles, aber es reicht nicht aus, ich kann nicht *schaffen*, Angst und Intelligenz reichen nicht aus, ich habe keine Kraft... Wir beide sind jetzt großartig, sieht er plötzlich. Ihm wird bewußt, wie laut sie geschrien haben, wieviel Freude dabei im Spiel war. Er würde gern unartikuliert weiterschreien und -kreischen, die Hügel, das Meer, das Gesicht des Malers anschreien, der seine Flügel abgelegt hat und nun naß und schmal und viel magerer, als er glaubte, vor ihm steht, den ganzen irren dunklen Himmel im Rücken, Regentropfen wie Glasperlen auf dem braunen, müden Gesicht, in dem die großen schwarzen Augen fauchen und funkeln, lauter als seine Stimme, die plötzlich aufgehört hat zu schreien und nur noch, fast flehend, dieses eine Wort in jedem Satz wiederholt – work, you have to work, work.

Nein, nein, denkt André, aber die lange Geschichte des Malers wird dennoch abgespult, der Tag, an dem er am Jones Beach spazierenging (er ging am Jones Beach spazieren, und André sieht ihn, in einer fröhlichen amerikanischen Badehose, El Greco in Amerika, federnd und schwungvoll am Strand, der natürlich verlassen ist), und am Strand war niemand. »Ich war eine halbe Stunde gegangen und blieb stehen und sah mich um. Hinter mir, mindestens einen Kilometer weit, sah ich eine lange Kette von Fußstapfen. Meine Fußstapfen. Sie konnten von niemandem sonst stammen, denn es war sehr früh. Weißes Licht, amerikanisches Licht. Der Himmel über und über besprüht mit morgendlichem Neon. Nur das Meer, in der Ferne, war mit Farbe bestrichen. Der Tag. Ich setzte den Fuß in einen dieser Fußstapfen, und er paßte. Aber in diesem Moment sah ich, daß das Meer – die Flut setzte ein – einen langsamen Schluck nahm und die ganze Kette auf einmal überspülte. Ich war nicht dagewesen. Ich war da nicht gegangen, niemand war dagewesen.« Jetzt die Moral, dachte André, die Moral, aber es kam nichts mehr. Irgendwo schlug die unsichtbare Sonne eine verkrampfte Hand aus kaltem Kupfer durch die Wolken, und so falsch und manieriert beleuchtet wie in einem Gedicht von Góngora blieben sie noch einen Augenblick stehen, während der Maler weiter von Arbeit krächzte, seine unmögliche Parabel bereits wieder vergessen hatte, Arbeit, das einzige, und er, André, müsse arbeiten, das würde ihn retten.

»Ja, ja«, sagte er. Und dann, mit müder Boshaftigkeit: »Sing's zu Wagner! Sing's zu Wagner! (Blechbläser) Arbeiten sollst du! Sollst! Sollst!« Und mit einer raschen Bewegung, singend, schnellt er hoch und gibt dem Maler einen Kuß. Bevor dieser Moment geschmolzen ist, verschwindet er, neue Erinnerungen mit sich schleppend, an dem unwirtlichen Gemälde vorbei in Richtung Hügel, in denen der Regen arbeitet.

17

Sein zweiter Spaziergang zu den Hügeln. Sein »Sollst! Sollst!« hallt noch in seinem Kopf nach, und der Regen, der ihm ins Gesicht peitscht, macht es nicht besser. Wie gewöhnlich sieht er sich gehen: auf Klumpfüßen aus Schlamm, singend und betend, umgeben von einer erregten Gesellschaft Chöre singender Walküren und Helden mit gehörnten Metallhelmen und Flachshaar. Wagner! Aber nein, nein, das Bedürfnis nach Klarheit ist stärker, und so bleibt er allein zurück, der durchnäßte Wanderer von früher, vom Regen angezogen, gelockt, wie andere vom Vollmond. Immer wenn es so regnete, mußte er hinaus, darin herumlaufen, sich naß werden lassen, bis seine Kleider wie ein durchweichter zweiter Körper um ihn herumhingen, verfehlter Versuch zur Behaglichkeit und Kasteiung in einem, mit dem er heroisch eine Art von *exercitio* verband ... noch nasser mußte er werden, noch nasser, bis ... Bis was?

Jetzt wieder – wird ihm etwas klarer, jetzt, da er mit diesem halbekstatischen Lächeln durch die sich verschiebenden roten Geländeformationen in die Hügel geht, niedrige weiße Bauernhöfe unter Sturmböen hinter sich lassend, das religiöse Getue der Olivenbäume nicht einmal bemerkend, die mit weit aufgesperrten Ästen geheime Dinge in den Wolken sehen? Nein, nichts wird ihm klarer, immer weiter schnürt er sich zu, versperrt jeden Zugang mit seinen Erinnerungen. Er käut sein Leben wieder, seine Waldspaziergänge, Liebesphantasien, geschürt durch diese Orgie sich einfressender Kälte, die an ihm leckte, und nichts, nichts, hat sich geändert, an demjenigen, den er von sich selbst kennt, hat sich nichts verändert, und mit dem will er sich weiterhin krampfhaft identifizieren, die Außenseite von jemandem, dem er noch gleicht, der von ihm abrückt in der Zeit und den er trotzdem bewahren will, und daher bricht er weiter entzwei. Aber weiß nichts, nichts. Er hat jetzt auch seine Angst vergessen in der euphorischen, leichten Stimmung, die er dann eben für Ekstase hält und in der er an sie denken kann wie an eine romantische Geschichte, in der sie auch nicht klarer zu werden braucht. Sein Gewinsel und Gejammer der vorigen Nacht, als der Bruch endlich sichtbar wurde, vergessend, leugnend. Sogar das Schlafen mit ihr kann er jetzt akzeptieren, das ist eine »Erfahrung«, und braucht er die nicht? O Gott, und damit mischt sich das Schreiben ein, und während er weiter durch den Schlamm stapft, wobei er hie und da von Stein zu Stein springt und über Schafmäuerchen balanciert, ein nicht wegzuschlagendes Lächeln auf dem Gesicht, sieht er alles, was er jetzt tun wird, *tun*. Dann und wann faßt er sich, ruft laut »nein, das ist zu albern«, spricht sich selbst mit »Junge« an, »das kannst du nicht machen, Junge« oder »ruhig bleiben!«, und dann bleibt er kurze Zeit ruhig, für den demütig vorbeikommenden Bauern mit seinen teuflischen Böcken und himmlischen Schafen ein extranjero muy especial, Haare wie gelackt vom Regen, brennende Augen im weißen Gesicht und ein überliebenswürdiger Mund, der buenaaas tardes! grüßt. Was macht so ein Mann in Gottes Namen in den Hügeln? Dieser Weg führt nirgendwohin! Aber es ist der Heilige Johannes vom Kreuz, der da geht, seine amerikanische Armeejacke umflattert ihn in den Falten, mit denen er für alle Zeiten in Dorfbasiliken prangen wird, mit weniger Kerzen als die anderen, kein populärer Heiliger. Die enge Hose klebt ihm an den Beinen, manchmal versteckt er sich hinter einem Baum, um eine Zigarette anzuzünden. Er sieht einen Bauern, wickelt ihn ein in seine romantische Betrachtungsweise, Bauer, Landschaft, Mittelmeer, das sind Menschen, die *wirklich* leben, und weiß nicht, daß jeder Millimeter, den er sich jetzt von seiner eigenen Wirklichkeit entfernt, lebensgefährlich wird.

Und was hat das zu bedeuten? Aber wie könnte es anders ausgedrückt werden? Da geht er, wieder so hoch, daß er das Meer sehen kann, über das, tief und grabschend, die Wolken reiten. Das Land gleitet in verschiedenen Gemälden von den Hügeln herunter bis zu der hohen Stadt, in der sie, Clara, irgendwo sein muß. Mit North. Er sehnt sich nach ihr. Was er denkt, daß er sei, sehnt sich nach ihr, macht sich Vorstellungen, will bei ihr bleiben, wird keine Angst mehr haben... all diese unmöglichen Dinge.

Er legt sich auf die nasse Erde, streichelt das Gras ringsum, denkt »meine Zeugen«, steht wieder auf und geht auf demselben Weg zurück in die Stadt, ins Domingo. Sie ist nicht da. Nur NescaféJack sitzt wie eine Felswand hinter seinem Glas Kaffee und bedeutet ihm, Platz zu nehmen.

»You have been walking in the rain!« Darauf braucht er nicht zu antworten.

Doch Amerika gibt sich nicht so leicht geschlagen.

»They tell me you're a poet. Are you a poet?«

»Sí, sí.«

»What kind of poetry do you write?«

Der Dichter spürt, wie ihm sein Wagner entschlüpft. Sie ist nicht da! Er sieht sich nach einem Halt um, braune Wände, nichts, calendario, nichts, hoy es el día 7 de Febrero... voller Scham sagt er: »A lot about death«, und hört, wie lächerlich das klingt.

»Death?«

»Yes.«

»Hm.« Der ganze, aus Los Angeles hierher verfrachtete Körper entsendet Hilfstruppen ins Gehirn, das die gewalttätig blauen Augen noch einmal zu dem zerzausten, naßgeregneten jungen Mann auf der anderen Seite des Tisches aussendet.

»You really think that's a subject? Death? You like it? Hah, is that it? Kind of decadent poetry?«

»No no«, er winkt Vicente aus seiner düsteren Ecke der

Bar herbei. »Un vaporete ... es coñac caliente, no ...?« »Sí hombre!« »Bién, dáme un vaporete de Fundador ...« Der Fels rückt näher an den Tisch heran. »I am a poet myself! You want to read my stuff? I was a taxi driver in L.A. Used to write long poems while waiting, you see. I had a volume printed. You know what it was called? TAXI no. 38476, I'll give it to you ...« Hinten in der Bar das Gurgeln und Schlürfen des Gaggia, mit dem Vicente den Kognak erhitzt... »Let's go to my place, what's your name again, Andrew? Let's go to my place, I ...« No, no, er will nicht zu seinem place, er sucht Clara, hat Jack Clara gesehen. »Ja, sie war hier mit Philip North, and Cyril... they all went to Pedro's Bar ...« Er versucht sich zu erinnern, wo das ist. »Near Schramm's place, this side of the hill.«

Der Wind jagt ihm nach, die Straße entlang. Jetzt wird er sie gleich wiedersehen. Während er an den Häusern entlangeilt, wo es trocken ist, dreht und wendet er die Worte des Fels von Los Angeles in seinem Kopf. Was hat ihn so erregt? Er zieht die beiden roten Linien von Los Angeles und Amsterdam zur Insel und lauscht dann noch einmal ihrem sinnlosen Gespräch – »You a poet?« yes, yes, I a poet. He a poet. Everybody a poet about death waiting for a taxi –, dieses schwammige Ineinanderfließen von Botschaften, die nicht dazu bestimmt sind anzukommen, das Sichaneinandervorbeidrücken mit Worten, die keinerlei Kraft haben, und fast nörgelig denkt er, warum sagt der Typ nicht etwas Irres?

Und dann vergleicht er seine eigene deutsche Gemütsverfassung mit den Platitüden, die er dem Amerikaner zugeschoben hat, sieht sein Inneres (Aufzeichnungen!) als wilde, gefährliche Welt von Sümpfen und »doppeldeutig erhellten Grotten, umgeben von einer quallenartigen Substanz: das, was für die anderen ist / das Gallert, die unberührbare Außenseite, das, was nichts sagt, die nichts verratende, zu nichts verpflichtende Mitteilung. Doch warum diese Geheimniskrämerei, diese Maskerade um simple Wahrheiten? Um das wenige, das er ist, sicherzustellen? (!) (Dieses Ausrufezeichen steht nicht innerhalb der von mir gesetzten Anführungszeichen. Von Ironie ist in diesen Fragmenten bei ihm keine Rede. Armer A. S.) Der Zerstörung nicht auszusetzen?«

Und dann die Bilder, die wie immer das Denken überfluten: Er betrachtet sich selbst, wie er jetzt geht, wo er jetzt geht am Ende der Vara del Rey, an der Gabelung dreier Straßen: der Schlammstraße nach oben, zur Kaserne und den Stadtmauern, der Straße nach San Antonio, die mit wildem Schlenker nach rechts biegt, und der dritten Straße, der er folgen muß, der nach San José.

Der Wind hat hier freies Spiel und jagt den Regen in idiotischen Wolken über die offene Kreuzung und gegen das Wartehäuschen, in dem sich ein alter Mann an einem glühenden Holzkohlenfeuer wärmt, geschwärzter Charon, der selbst auf das Boot wartet und ihn mit freundlichen kleinen Augen anschaut, die einen Passanten sehen, nicht die ihn umgebende weichtierartige Glasschicht, den Mann, der sich nicht wehren kann in dem toten Schleim, der ihn umschließt. Da nähert sich der Strandräuber und stößt mit dem Fuß die Qualle an, so daß der zähe Glasklumpen sich aufrichtet und umfällt und dabei den unsichtbaren Schriftsteller darin ins Meer zurückschleppt, gleich wird er wieder angespült werden.

Wo war ich stehengeblieben, denkt er, woran dachte ich gerade, aber da ist er schon wieder zwischen den Häusern verschwunden, zum zweiten Mal an diesem Tag an dem sauren Geruch der unteren Kaserne vorbei, den Guten-Tag-Wunsch Charons wie einen Schutz im Rücken, am

Centro Cultural vorbei, der Alianza Francesa, »they even have Butor up there«, bis dorthin, wo er das Singen hört. Er schwingt den Perlenvorhang von Pedro's Bar zur Seite und steht schwankend auf der Schwelle, von niemandem bemerkt. Und geht hinein.

Die Vergangenheit einer Woche drängt sich um eine alte Dame, die gerade einen alten Fischer mit einem elektrischen Rasierapparat rasiert – er zählt diese Vergangenheit zusammen, als wolle er versuchen, aus der vergangenen Zeit einen Gegenstand zu machen, einen Fetisch, konkret gewordene Zeit, mit der er die unsichtbare Veränderung, das Verändern seines Lebens wahrnehmen könnte... Cyril, den er bereits auf dem Schiff kennengelernt hat, North, Schramm, der Ausflug zu der Grotte bei San Vicente, all diese langsamen Ereignisse, Schramm beim Königsgespräch auf der Terrasse an diesem Morgen, schon wieder so lange her, Stunden!, und sie, die er bereits seit Jahren kennt, *eine* Nacht, seine Angst.

Wirkt der Fetisch? Er fühlt, wie er straff und weiß wird, seine Haut spannt sich tatsächlich über seinem Gesicht, er will darüberreiben, zumindest die *Haut* beruhigen, aber er weiß, wie er binnen einer Minute zittern wird, nicht mehr fähig sein wird, zu sprechen, in Panik sein wird. Er steckt sich die Knöchel der linken Hand zwischen die Zähne und zischt in diesem zugestopften Mund, ich will nicht ich will nicht, aber das abscheuliche Karussell hat sich bereits wieder in Bewegung gesetzt, Tod, Nichts, ich will sterben, ich will keine Angst haben, die Schreckbilder wabern durcheinander, und natürlich kommt sie jetzt auf ihn zu, weil sie ihn jetzt erkennt...

Wieder, schon wieder, denkt sie, dieser Mann ist verrückt, er ist wirklich verrückt – nicht anzusehen, dieses verkrampfte Gesicht mit diesem bestialischen Lachen...

pfff, der junge Werther. Sie bringt ihm ein Glas Kognak, und er trinkt es aus.

»Kommst du mit?« fragt er.

»Wohin?«

»Ich weiß nicht, weg. Jedenfalls weg von hier.«

»Hast du's wieder«, fragt sie. Dieses Direkte, das sitzt, sie sieht den Haß in seinen Augen auflodern, aber er ist wirklich zu weit hinüber und dabei noch schlau genug, er braucht sie jetzt, also fragt er noch einmal, ob sie mit ihm weggeht, aber sie sagt wieder nein, und in diesem Moment kommt North und legt ihm die Hand auf die Schulter und sagt mit Cyrils Stimme: »How is my very interesting Dutch writer doing«, und er sieht im Reklamespiegel, wie Wichtigmacherei in sein Gesicht fließt, und entgegnet selbst etwas, läßt sich, Eskorte, zu der alten Dame geleiten, die, auf Cyrils Arm gestützt, immer noch damit beschäftigt ist, den alten Fischer, einen Bruder Charons, zu rasieren. Zaron oder Paron oder wie er auch heißen mag, läßt es mit verlegener Freude über sich ergehen.

»This saves him five pesetas at the barbería«, flüstert Cyril ihm ins Ohr – »she is really trimming the old dog, HAH HAH HAH.«

Das Licht regnet herab und zerfällt in einzelne Gemälde: Pedro Delacroix hinter der Bar, Cyril Daumier, der unermüdlich die alte Frau Goya stützt, die jetzt mit Daumen und Zeigefinger der linken Hand die gegerbte Fischerhaut am Nacken packt und straff zieht, um sie besser rasieren zu können, und der arme Paron oder Zaron Goya, der es immer verlegener über sich ergehen läßt, sanft geneckt von einer Gruppe von Fischern in einer düsteren Ecke der Kneipe, schlecht gesäuberter Volksmaler vom Ende des neunzehnten Jahrhunderts, während sie, die er die ganze Zeit sucht, die ganze Zeit sucht, sich zur

Espressomaschine zurückgezogen hat, die Hand unter den Aluminiumrippen dicht am schwefelgrünscheinenden Schild Gaggia, mit ihrem Gesicht, das hin und her wechselt zwischen klassischer Klarheit, abscheulichen Ingres und gewaltigen Verunstaltungen. Clara, denkt er, Clara, und er denkt allmählich Null, kein einziger koordinierter Gedanke, nichts paßt, alles bricht, hängt unartikuliert in den halbleeren, halbfertigen Straßen meiner Emotionen, englische Vorstadt am Sonntag. Das Summen des Rasierapparats, das für ihn von dem Moment an, da er hereinkam, zu der Bar gehört hat, hört plötzlich auf – die Triebwerke des Flugzeugs sind ausgefallen, in langsamer, verstummter Angst gleiten sie abwärts.

»Never met you before?«

Eine vornehme Stimme – das scharfgeschliffene Gesicht, braun und verfallen zugleich, täglicher Kampf zwischen Seeluft und Alkohol, und darüber ein perfektes Make-up, sieht ihn befehlend an. Augen aus Eisen.

»No, no, I«, aber Cyril übernimmt die Sache für ihn, und er hört Poet, Dutch, und das militärische Gesicht vor ihm spitzt sich und sagt: »You look like a very sick man, Mister Stienkemp.«

... Clara's friend...

»Ah, Clara, come here, my dear, my love – I told your friend he looks like a very sick man, uh, like a corpse with fever!« Fievah!

Er sieht Clara an, was sie jetzt sagen wird, das Interesse, der Ehrentitel müssen ihn doch erhöhen, es muß Eindruck auf sie gemacht haben... doch North schneidet mit seiner schärfsten Stimme dazwischen und sagt: »He looks like the Pope of Rome with an idiot inside him!« Zwanzig mexikanische Hunde brechen in Gelächter aus, aber bevor er Zeit hat, Mitleid mit sich selbst zu bekommen, nimmt die alte Dame ihn an der Hand und sagt: »You must meet my husband«, und zieht ihn mit zu einem rosa Mann, der allein an einem Tisch sitzt. Blaue, völlig leere Augen sehen ihn an. Er setzt sich, denkt, dieser Mann existiert noch weniger als ich, und etwas in diesem Gedanken erregt eine unsägliche Fröhlichkeit in ihm. Das Gespräch ist eine makellose Kopie von Somerset Maugham, der Mann, der irgendwo in den Tropen beim Militär war, macht seine Mitteilungen, regelmäßig unterbrochen durch einen Schluck Absinth. Die Frau ist schon längst wieder gegangen, und als sich André zehn Minuten später erhebt, ist ihm dieses ganze Leben in weichen, polierten englischen Sätzen dargereicht worden. Er kann lautlos aufstehen und weggehen, ein siebzigjähriges Leben in zehn Minuten getrunken, Jugend, Karriere beim Militär, Zukunftspläne...

Was jetzt? Er sieht auf die sprechenden Leute und lauscht dem unvorstellbaren Krach, den sie machen. Zwischen den sich bewegenden anderen steht sie, eine Unbekannte, ziemlich still, und schaut nicht zu ihm. Er will zu ihr, doch es sind unermeßliche Entfernungen, die er zurücklegen muß. Er notiert die Zeit auf der Blechuhr über der Bar. Vierzehn nach zwei. Vierzehn Uhr vierzehn, der Zug fährt ab von dem leeren Mann zu Clara bei der Espressomaschine. Endlos ist die Landschaft. Die ersten Tage nichts als Kästen Cerveza Damm/Cerveza Damm, Cerveza Damm/Cerveza Damm, das läuft rhythmisch gut. Danach Welten von Tischen und Stühlen, alles aus Holz, die Tische mit stumpfem Blech eingefaßt, das Holz ungestrichen, von Feuchtigkeitsringen übersät. Und die Fliesen an der Wand! Während die Reisenden schlafen, zieht der Zug an ihnen vorbei: Felswände schimmernder weißer Fliesen bis hinauf zur halben Höhe, gefolgt von einer

Erdschicht dunkelgrüner. Die Wand darüber ist aus Kunstmarmor und grau, ein schlecht kartographiertes Polargebiet, das Ekel erzeugt. Der Zug hält an der Ecke der Bar. Lange, gerippte Holzbahnen laufen schräg nach unten zu einer Unterwelt aus Schmutz, abgenagten Garnelenköpfen und Zahnstochern rings um die roten Gummikappen der Barhockerbeine, ein Erdteil, in den sich manchmal die viel zu großen unmenschlichen Füße verirren, wenn sie von der langen, zerkratzten Nickelstange abgerutscht sind, die vom einen Ende der Bar zum anderen läuft. »No se siente bien? Señor? No se encuentra bien?«

»Ah, sí! Bastante bien!«

Doch der Fliegenkopf ihm gegenüber will nicht verschwinden, er will zusammen mit seinem Schatten im beigen Kunststoff der Bar verschmelzen, runde Augen brennen darin, besorgte Augen, die ihm die Haare aus der Stirn streichen wollen, sein Gesicht mit kaltem Wasser waschen wollen, und was nicht noch alles?

Mein Fahrplan, denkt er, mein Fahrplan, und schielt zu ihr hinüber, die Lichtjahre von ihm entfernt sitzt, immer näher beim Perlenvorhang. Die Stunden, die er noch zurücklegen muß...

»You feel no good? No good?«

»Sí, sí... dáme un poquito de agua...«

»Agua mineral? Vichy Catalán? Quiere Vichy?«

Alles schrumpft und dehnt sich aus. Die Fliege ist summend verschwunden, knallt einen Kühlschrank zu, kommt zurück mit einer großen grünen Flasche, aus der sie ein Glas vollschenkt. Alles schrumpft und dehnt sich aus. Die Ecke der Bar ist jetzt so weit weg... der Boden weist eine Krümmung auf. Vor wie langer Zeit hat er dieses Wasser von Pedro bekommen? Pedro die Fliege. Es war einmal, da hat er Wasser von Pedro bekommen. Vichy. Er trinkt das Glas aus. Vierzehn Uhr sechzehn.

»Gracias, Pedro!«

Seine Stimme, aus einem Megaphon gerollt, erreicht jetzt auch seine eigenen Ohren.

»De nada, Señor! Servidor!«

Alles ist... North steht vor ihm, mitten auf den Gleisen. »Ich zermalme ihn.«

»Was ist, bist du krank?« Tausendmal am Tag wird er das gefragt! Ein Komplott natürlich!

»Nein nein nein«, sagt er, läßt sich aber trotzdem gefügig hinausführen, der Schwerkranke, ach, an ihr vorbei, die weiß und abgewandt auf ihrem Hocker sitzt, noch immer eine Person, die er nicht kennt. »Ich könnte sie nicht einmal beschreiben.«

»Warum bringst du mich hinaus«, fragt er North.

»Weil deine Nase blutet.«

Erst jetzt schmeckt er das laue Blut in seinem Mund. Er hält sein heißes Gesicht in den Regen. Von wegen schrumpfende und schwellende Welt... »Don't be a goddam neurotic«, hört er North deutlich sagen, und »warum sagst du nicht, was mit dir los ist?« Los ist. Er dreht sich zu dem geduckt vor ihm stehenden Amerikaner um, Trotzki reborn, und sagt: »Nichts ist los.«

Oder sagt er: »Ich werde wild von meinem überall verstreuten armen verwilderten Denken, siehst du nicht, daß ich überall bin, Tausende von Filialen sind überall in der Zeit eifrig beschäftigt mit Verschleißen, aus Angst, ich bin nur noch dazu da, Vergleiche auszuteilen, schleppe Worte an, ich...« aber nein, er hat wirklich nichts gesagt. »Idiot inside you«, sagt North das, oder hat er das vorher gesagt? »Idiot in mir«, aber der klarsichtige Literat, der in ihm Wache steht, dieses ausgeschlafene Bürschchen, beginnt ihn zu bremsen, die Angst ist gesättigt mit Worten, ein physikalisches Phänomen. Sobald North achselzukkend hinter dem klappernden Perlenvorhang verschwunden ist, fängt er an, ruhiger zu werden, den Kopf an den nassen Stamm des mageren Terrassenbäumchens gedrückt. Wenn dies der Preis fürs Schreiben ist, will ich nicht schreiben. Nie zuvor war er sich einer Sache so sicher. Er holt tief Luft und wischt das Blut mit seinem Taschentuch ab, das er zuvor in den Regen gehalten hat. Er schaut nicht hin. Ein junges Mädchen mit langen blonden Haaren geht vorbei und schaut neugierig zu ihm herüber. Er schaut so direkt wie möglich zurück und sagt zwischen den Zähnen: »Dann komm doch zu mir zu mir, paß auf, ich krieg dich«, und er sagt: »Buenas tardes, muchacha.«

»Buenas tardes.«

»Ich will dich haben«, flüstert er, während er ihrer schmalen, halb tänzelnden Figur nachsieht, »ich möchte dich berühren und gesund werden.« Mit dem Daumennagel löst er ein kleines Stück von der nassen Rinde, die, von nahem betrachtet, krank ist, uneben, eine grau- und weißglänzende Pustelhaut. Dieses scheußliche Gefühl, infiziert zu sein, krank zu sein, das ihn nicht mehr verlassen will. Sich selbst auslachend, aber voller Gefräßigkeit geht er dem Mädchen nach, weiß, daß er sich nicht trauen wird, etwas zu sagen, daß er sich nicht trauen wird, sie zu berühren. Langsam und plötzlich ohne Spott sagt er laut zu sich selbst: »Er drückte einen brennenden Kuß auf ihren kühlen Mund.« Sie geht in irgendein Haus, und er dreht sich um und geht in Richtung Kneipe. Einen Moment lang hört er all ihre Stimmen, dann ist er vorbei, auf der Straße nach San José. Irgendwo links muß der Weg zu Schramms Haus sein. Was soll er tun? Jämmerlich hin und her gerissen zwischen einem verzweifelten Verlangen, etwas zu zerstören, niederzustechen, totzuschneiden, zu beißen oder aber winselnd in einer Ecke zu liegen, gestreichelt zu werden und eingeschmiert mit dem allerbilligsten spanischen Parfüm, oder so etwas Ähnliches ... Nein. Aber wovor hat er Angst? Für einen Moment, im kühlen Jagen des Regens, auf einem freien Straßenstück, kann er sich wirklich diese Frage stellen. Oder ist das einzige, was er will, keine Angst mehr zu haben? Wieder sieht er das Gesicht des Mädchens vor sich, und sehnsüchtig blickt er sich um.

Aus der Ferne nähert sich ein Leichenzug. Leise pfeifend schwingt er sich auf eine aus großen groben Steinen gebaute Schafsmauer und sieht den Zug näherkommen. An der Spitze ein schlampiger, bäurischer Meßdiener mit einem meterhohen glänzenden schwarzen Stock, und darauf ein graugestrichenes eisernes Kruzifix. Der nasse Christus tanzt lustlos über den Trauernden im Regen, ein gregorianischer Walzer. Der Priester wird flankiert von zwei kleinen Meßdienern in klatschmohnroten Soutanen und starrt, Gebete murmelnd, zu Boden

judex ergo cum sedebit
quidquid latet, apparebit
nil inietum remanebit

quid sum miser tunc dicturus
quem patronum rogatorus
cum vix justus sit securus

und leise flüstert André die Worte mit und denkt, jetzt bin ich wieder fröhlich jetzt bin ich wieder fröhlich! Er will sich erheben, als der Wagen mit dem Sarg an ihm vorbeifährt, doch da plumpst ein loser Stein aus der Mauer, und alle schauen zu ihm, der Priester mit einem Gesicht, aus dem das Latein wie laues Wasser weiter herausrinnt, ein Gesicht, das die heidnischen Fremden auf der Insel haßt und verachtet. Oh! denkt er, jetzt dazwischenspringen und rufen, ich will auch beerdigt werden, ich auch! Hoch auf dem Bock sitzt ein unglaublich schmutziger Mann, der mit mageren Totengräberhänden die Zügel des mit einer schwarzen Decke und silbernen Scheuklappen angsterregend vermummten alten Pferdes anzieht. Der Wagen muß sehr alt sein und quietscht wollüstig, und der Sarg schaukelt sanft und gemütlich hin und her, kein Zweifel, die Leiche lacht.

Hinter dem Wagen, an dem vier hohe gläserne Petroleumlampen brennen, gehen die Trauernden. Der Kummer ist hierarchisch verteilt. Schwarze gebrochene Lebende in den ersten vier Reihen, die harten Inselgesichter mit Trauer genährt. Dahinter verebbt er allmählich bis zu den hintersten Reihen: junge Kerle, die Hände in den Taschen und eine Zigarette zwischen den Lippen, die schwatzen. Sie haben den Toten schon längst vergessen und lachen und drehen sich nach dem Fremden in seinem idiotischen Mantel um, der der Leichenprozession jetzt in ungefähr fünfzig Meter Abstand folgt. Schlurfend wie ein besonders großes Tier biegt der Zug in einen sandigen Nebenweg, und er folgt ihm, bis sie am Friedhof ankommen. Niemand achtet mehr auf ihn, jetzt geht es um andere Dinge: Geweihtes Wasser klatscht an den Sarg, der lachende Tote wird beerdigt. Ein erregtes Selbstmitleid überkommt ihn, denn ist er es nicht selbst, der dort beerdigt wird? Er, immer er. Er streift behutsam an den offenen Friedhofsmauern vorbei, liest Namen, José María Tur y Vicenz, Pedro Hermano Marau, María Dols Nogueira, ab und an fährt er mit der Hand über Grabsteine und denkt an die verwesten oder halbverwesten Körper, die darunter liegen, eine kompakte Modermasse, wieviele es sind!, und er spürt, wie ihn dieselbe Erregung wie immer durchzieht, eine Prozession von Wahnvorstellungen. Er wünscht, er könnte die Mischung aus Angst und Anziehungskraft besser bestimmen, weiß aber, daß er dafür jetzt sicherlich viel zu verwirrt ist, und mit jeder Sekunde, die er hier bleibt, zwischen diesen verlockenden Toten, wird es schlimmer. Er sieht, wie die Trauernden sich mit unaussprechlichem Verlangen noch einmal über den schief hinabsinkenden Sarg beugen, noch einmal beugen sie ihre Körper in Richtung des klaffenden Bodens und nehmen eine Handvoll Erde und werfen sie dem Toten hinterher, woraufhin sie sich mit verzerrten Mienen abwenden, die Gesichter im Regen, in der sich bewegenden Luft.

Der Priester bläst seinen ewigen Trost über den Leichnam, und André drängt sich weiter vor, er will teilhaben an den lateinischen Formeln, die er mitflüstern kann, teilhaben an deren Segnung, die völlige Verwirrung, die sein Leben zerschlagen hat, wird plötzlich, für einen Moment, sichtbar wie eine Wunde, und er denkt, ich will etwas dafür, Balsam, Zaubersprüche, soll ein anderer mir das Mitleid, das ich für mich empfinde, ein einziges Mal abnehmen. Die Gruppe rings um das Loch in der Erde antwortet jetzt mit trägen Worten auf die Gebete des Priesters, und einige weinen, das Wasser entspringt den felsigen Gesichtern der Blutsverwandten, und er sieht es und ist neidisch auf ihre Hingabe, und wieder gewinnen die Wahnvorstellungen die Oberhand, er glaubt nicht mehr an diesen zu sichtbaren Kummer, an die Trauer, dies muß ein riesiges Fest sein, ein genüßliches Schwelgen in den Geheimnissen von Leben und Tod. Geburten und zerfressende Krankheiten verblassen neben dem Sich-Paaren und den mysteriösen Handlungen des Tötens oder Sterbens. Pfeifend und in den glänzenden Teer der Trauer getunkt, erheben sich die Lebenden nun zu ungeahnter Länge und ziehen monolithisch wie ein schwarzes Frachtschiff an den Zypressen vorbei aus dem gelblichen Friedhof, er allein schaut weiter zu, das strudelnde Wasser hinter ihrer Schraube glättet sich und legt sich hin wie ein Hund, er allein bleibt wieder übrig, er und der Totengräber, dieses erwärmte Skelett in einem schimmligen schwarzen Anzug mit Tressen, das auf das wollüstig offen daliegende Grab zuschlurft, Verlangen im Blick, und, einen silbernen Spaten zwischen den gehörnten Füßen, Erde schaufelt und über das billige Holz kippt und damit den Toten immer wärmer macht. Das ist mir ein anderer Priester! Da röhren alle Motoren des Sargs los! Wrumm wrumm, und auch die anderen Gräber springen auf, der totenkopfartige Priester schießt mit einer bengalischen Pistole das All in Stücke, bis die schmutzig gewordene Unterseite der Zeit sichtbar wird und die ersten Särge an den fransigen Friedhofsmauern entlangrasen. Die ältesten Toten liegen vorn, aber es geht so schnell, daß er kaum etwas anderes sieht als einen wirbelnden Sog, die Zahlen auf den halbvermoderten Särgen sind nicht mehr zu erkennen, flatternde Leichen darin halten ihre Kruzifixlenkräder fest umklammert, morsche Knochen und Rindsfilets fliegen herum, und der gesamte Friedhof wird ein sausender Kreisel, dessen heftiger Wind an ihm entlangstreicht und ihn hinausjagt, den lebenden, existierenden Toten, den Spielverderber.

Brennend vor Erregung und Scham geht er in die andere Richtung, zum Meer, das Land schiebt ihn dorthin, durch die erstarrten Feigenhaine und zwischen niedrig schwelenden Feuern einen immer tiefer abfallenden Weg hinab bis zum gefahrlosen Schlucken und Zischen des Meeres, vor dem er erschöpft und noch immer verwirrt ob der Wohligkeit, die er in seinem Körper verspürt, niederfällt auf den Felsen mit einer allesbeherrschenden Lust zu schwimmen, zumindest *etwas* ganz um sich herum zu spüren, Teil einer Verschwörung zu sein … aber als er merkt, daß er heult, erhebt er sich hastig und geht zu Schramms Haus. Es regnet noch immer. Rechts von ihm, nach den ersten paar hundert Metern Meer, kriecht die Ratteninsel durchs Wasser. Er fragt sich, ob es wirklich erst an diesem Morgen war, daß er von Schramms Balkon aus dorthin sah. Wenn das so ist, muß jede Stunde ein Jahr sein, ein Jahr, das ihn weiterzieht in eine verborgene, vor allem aber angsterregende Zukunft. Und wie lange hat er jetzt schon nicht mehr an sie gedacht? Vor diesem Gedanken hält er nun doch kurz inne … daß sie nichts bedeutet in seinem Leben, genausowenig wie jeder andere. »Ich kenne keine Menschen«, sagt er laut, und er spürt, daß dieser Gedanke ihm Freude macht. Stolz auf diese so deutlich formulierte interessante Einsamkeit spaziert er weiter über den Schlammweg, wobei er den Pfützen, so weit es geht, ausweicht.

18

Nächste Sitzung. Bei Schramm eine Nachricht. »André, wir sind bei Mrs. Cameron, zwei Häuser weiter. Clara.« Sie hat an ihn gedacht!

Er geht zu dem Haus und klingelt. Geheul und Gejaul von Hunden. Er hört die Stimme der alten englischen

Dame: »Hush, hush, my dears, hush, come on now, let's be quiet...«

Ein Iglu mit einem gezeichneten Porträt Churchills, türkische Kupfertöpfe, ein Teppich, der erste, den er auf der Insel sieht. Vier oder fünf kläffende Pekinesen springen an ihm hoch, versuchen ihn zu beißen. Die Frau schubst sie beiseite, hebt aber den größten hoch und hält das Vieh an sein Gesicht. Aus zwei schleimigen Bällen glotzt das Tier ihn an, das alte Gesicht von zotteligem langem Haar umrahmt, ein als Hund verkleideter Zwerg. Sie erzählt ihm, daß der Hund blind sei, aber er glaubt das nicht, sieht, wie das Tier ihn anschaut, der Mongolenkopf riecht an seiner Seele und verwirft ihn knurrend. Er ist sich nicht einmal sicher, ob dies kein Test ihrerseits ist, traut sich aber nicht zu fragen. Sorgsam wird das Scheusal wieder auf den Marmor gesetzt. Mrs. Cameron legt ihre magere braune Hand mit den blaulackierten Nägeln auf seine Schulter und geht mit ihm hinein. Der Hund umkreist ihn keifend, und sie schiebt ihn behutsam mit dem Fuß zur Seite.

»Do you like the dog?« Die eisernen blauen Augen gehen das Problem ohne Umschweife an. Der Vater von Mrs. Cameron ist General gewesen, das wird aus einem hochdekorierten Porträt im Flur ersichtlich.

»I don't think so.«

»He is very famous. And he's got a very beautiful name. Ching Hei-Tobruk-League of Nations... do you like the name?«

»Yes, I think it's a beautiful name.«

»Fine, fine...«

Ching Hei-Tobruk-League of Nations verfolgt den spannenden Dialog zwischer seiner militärischen Herrin und dem Fremden voll Mißtrauen und läuft, immer noch giftig knurrend, hinter André ins Zimmer.

Der leere Mann sitzt am Fenster und schaut aufs Meer hinaus, als wäre da tatsächlich etwas zu sehen. Schramm hockt neben einem Sessel und summt leise, sieht nicht auf, als André ins Zimmer tritt. Clara sitzt da, den Arm um North gelegt, und er registriert, wie sehr North und der Pekinese sich ähneln. Das Tier stößt mit seinen nervösen langhaarigen Fühlern an das Sofa, und North hebt es am Nackenfell zu sich hoch.

Die Stimmung ist einträchtig chaotisch. Alle sind betrunken und mit sich selbst beschäftigt. Mr. Cameron erhebt sich aus seiner Leere und bringt ihm ein Glas Absinth, sagt etwas und verzieht sich wieder auf seinen Ausguck, vier rauf vier runter. Seine Frau erzählt eine Geschichte aus Brasilien, wie schrecklich sie da geprellt worden seien und was dann passierte, und er sieht, wie Clara ihm mit einer Geste bedeutet, er solle sich zu ihr setzen, und zwischen portugiesischen Schimpfworten, die zu der Geschichte gehören, und Schramms durchdringendem Gesumm geht er zum Sofa hinüber. Clara küßt ihn auf den Hals und betastet mit kalter Hand seinen Rücken.

»Sollen wir gehen«, fragt sie, und er will aufstehen, aber sie bleiben sitzen, eine verhängnisvolle Narkose drückt sie auf ihre Plätze, unentrinnbar, nie zuvor hat das Erstikkende des Zusammenseins mit andern ihn so gelähmt wie jetzt, das träge Ertrinken des Nachmittags setzt ein, immer gefährlicher und leerer wird die Stimmung, noch immer erzählt die Frau ihre Geschichte, jetzt hört niemand mehr zu außer den Hunden, hinter den Fenstern erscheinen schwarze Flecke, Schramm liegt mit geschlossenen Augen aufgebahrt neben dem Sessel, North flüstert Formeln in das schlaffe Gesicht des Hundes auf seinem Schoß.

Er fährt mit den Händen über ihren Körper, über die Schultern, die Brüste, sie läßt sich schräger zu ihm hinsakken und flüstert ihm etwas ins Ohr, das er nicht versteht, nicht verstehen will, und sie wenden einander das Gesicht zu und sehen sich an, und er weiß, wie gefährlich das ist, weil sie jede Schwäche, jedes Zögern ihr gegenüber von seinem Gesicht ablesen kann. Aber sie will nichts sehen, mit gespitzten Lippen beugt sie sich vor und küßt seine Augen und seinen Mund mit einer Zärtlichkeit, die ihn erschreckt, mehr als alles andere. Er will sie ebenfalls küssen, doch sie stößt ihn jedesmal zurück, hält seinen Nacken fest und dreht und wendet sein Gesicht im fahlen grauen Licht, immer wieder die schwächsten Stellen in diesem Gesicht suchend, das für sie schon längst nicht mehr das Gesicht eines Mannes oder eines Liebhabers ist, sie aber doch anzieht, und nicht, denkt sie, nur des Leidens wegen, wie er es genannt hat, sondern eher wegen der berechnenden Unschuld, mit der er das Alter, die Dekadenz und diesen gefallsüchtigen Kummer in seinem Gesicht manipuliert. Sie spürt, wie er ausweichen will, zurückwill, nicht entdeckt werden will, da diese Entdeckung die Unmöglichkeit eines Verhältnisses deutlich machen wird, doch gleichzeitig läßt er sich von ihren Händen verführen, der einen in seinem Nacken, die ihm befiehlt zu bleiben, und der anderen, die ihn streichelt und danach sucht, wo er am verletzlichsten ist und am kindischsten. Sie weiß, daß sie ihn wehrlos machen kann, daß sie ihn dann aber mit Sicherheit verachten wird. Ob sie diesen Preis zahlen will, weiß sie noch nicht, und sie beschließt abzuwarten, ob er nicht doch die Initiative ergreifen, die Führung übernehmen wird.

Mrs. Cameron ist aufgestanden und mit einem der Hunde in ihrem Zimmer verschwunden, sie hören sie mit dem Tier reden und sehen, wie ihr Mann vor dem letzten Licht aufgestanden ist, das an den Scheiben hängt, langsam kommt er auf das Sofa zu und steht über ihnen und sagt: »All I ever do is buy food for the goddam animals and feed the goddam animals and sit here and look at the goddam sea«, und er wankt wieder weg, tastet nach seinem Stuhl, während sich die schwarzen Flecke über dem Meer zu einer Krankheit auswachsen.

Alles ist nun infiziert, North hat sich vom Sofa erhoben und neben Schramm hingelegt, der vielleicht sogar schläft, und während sie dem Beginn einer endlosen Beschreibung des Zimmers lauschen, ziehen sie sich auf ihr eigenes Terrain zurück, kilometerweit freigewordenes Sofa, wo sie ihn in den plüschenen Steppen jagt, während Norths Stimme unablässig über dem warmen Dunkel ihrer jetzt geschlossenen Augen kreist, die Stimme, die das Haus liest wie ein Druide die Vogelzeichen »ich sehe eine Mauer schön weiß aber geborsten ich sehe eine Decke weiß mit vielsagenden Rissen ich sehe eine Kupferlampe in Form einer Blätterkrone es sind fünf Birnen darin die größte oben in der Mitte dort wo das obere Ende des Kupferstamms gewesen sein muß von da kommen auch die vier Seitenäste jeder mit acht Blättern aus leicht angelaufenem Kupfer jeder dieser Seitenäste trägt eine Birne« aber während die Stimme die Inventarisierung zu Ende führt und der leere Mann in den Himmel aufgenommen wird und Schramm lebend von dem mongolischen Monster gefressen wird lockt sie ihn mit dem Finger auf den Lippen in ein anderes Zimmer wo er sie küßt und umarmt und sich mit ihr auf den Boden legt und er sieht ihr Gesicht das genauso groß ist wie seines und sie wälzen sich zwischen den mächtigen Möbeln und er paart sich mit ihr, und aus Liebe... »Wollen wir nach Santa Eulalia fahren«, flüstert sie, »komm, fahren wir zu mir nach Hause, mich widern all diese Leute an.« Er richtet sich neben ihr auf und streichelt ihr übers Gesicht, eine Tat. Sie sieht ihn befremdet an und weiß nicht einmal, ob sie ihn wirklich mit nach Hause nehmen will, ob sie nicht lieber will, daß er geht, aus ihrem Leben verschwindet mit diesem Gesicht, hinter dem sich Tausende von Gedanken abspielen, die sie nie kennen wird, und schreckliche Gedanken, vermutet sie, aber er zieht sie empor, und als sie steht, umarmt er sie erneut, aber es ist doch wieder mehr Flehen und Bitten als sonst etwas, und sanft will sie ihn wegschieben, aber er legt ihr die Hand in den Nacken und streichelt sie, streichelt sie, dahinschmelzend wie ein altmodisches Standbild bleiben sie stehen, bis das Ticken der Krallen des blinden Hunds auf dem Marmor sie löst und auseinanderreißt.

Im Dunkeln gehen sie den Flur entlang, er spürt den Hund an seinen Beinen und versetzt ihm einen Tritt. Das hohe Aufheulen des Tiers rollt zwischen den Wänden hin und her. Auf dem Flur erscheint plötzlich North, torkelnd vor Trunkenheit. Er packt sie am Kragen ihres Mantels und fragt: »War's schön«, und klatscht, sie loslassend, André gegen die Wand und sagt: »Wie kannst du nur – einen blinden Hund? Was macht ihr jetzt? Ich will es wissen. Ich muß es wissen ... ich muß ...« Sie schieben ihn beiseite und gehen hinaus, aber er folgt ihnen, schreiend überholt er sie langsam und geht rückwärts vor ihnen her, ein klein wenig über dem Boden, es ist deutlich zu sehen, er läuft in der Luft, derselben Luft, in der auch sein abscheuliches Gesicht schwebt, umgeben von der Schwärze der Nacht. Andrés Füße laufen unter ihm her, und unabhängig von ihnen bewegt auch er sich nun durch die Luft und schaut auf sie hinunter. Jeden Augenblick kann ich mich ganz in Liebe verwandeln. Ach, ihre Gesten! Später wird er sie finden, Fossilien in den Erdschichten seiner Augen, die versteinerte Kreidezeit seiner Liebe, bewahrt in ihren ewigwährenden Handlungen. Langsam an seinen Schaltern drehend, läßt er sich auf den Boden herab und steht, mit den Händen nach ihrem Hals und ihrer Brust tastend, vor Clara. Das Gesicht mit den schweren Lippen wird vorgestreckt, der Mund öffnet sich, die Zähne kommen zum Vorschein! Ein Kuß erwartet sie! Nein, nein, und auch André läßt sich herab, während die Nachricht von seiner Landung auf dem Flugplatz ausgerufen wird, sieht er auf den Fernsehschirmen, wie er sich North zuwendet und ihn schlägt. Während die Tränen des Amerikaners im Takt des leise rauschenden Schlagzeugs zu Boden fallen, sagt North: »Don't hit me, man, there is no reason to hit me, look man, I am weeping, I am the first weeping ogre in the history of ogrekind«, und wendet sich ihr wieder zu, begrabscht sie am ganzen Körper und flüstert: »Momma, he has broken my wings, mis alas son rotas, ay qué pena! Mamma!« und jetzt kämpfen sie wirklich, er rutscht mit North über die scharfen Felsen, und dann, einander umarmend, küssen sie sich in der Brandung und kämpfen schließlich weiter am stinkenden Algenstrand vor dem neuen Hotel. Oder kämpfen sie auf dem Grund des Meeres? North flüstert ihm ins Ohr: »I am a doctor of divinity, did you know that«, und während ihm die Algen in den Augen stechen zählt er die lautlosen Schläge Blut läuft aus North's Mund und sie schreit und schreit so daß die affenähnlichen Ober aus dem Hotel angerannt kommen in ihren weißen Jacken. Aus der lautlosen Welt beginnt langsam ihr Weinen zu strömen, und während zwei Ober North halb ins Haus schleppen, pflückt sie ihm den nassen, dunkelbraunen Tang von den Kleidern. Er wischt sich das Blut von den Händen. Sie stehen in der Galerie, die Schande des Neonlichts wie einen Ketzerhut auf den Gesichtern. Aus einem dunklen Tunnel kommt ein Taxi gefahren, seit Ewigkeiten vorbestimmt, das ihre zu sein. Sie steigen ein. Sie breitet die Arme aus, und er fällt hinein, weg, in einen tiefen Schlaf, aus dem er ein paar Minuten später erwacht. Sie sind auf dem Weg nach Santa Eulalia. Im Licht eines entgegenkommenden Wagens sieht er ihr Gesicht, streng wie ein Kloster, und er wundert sich. Der Schmerz einer plötzlichen, verbitterten Abhängigkeit kriecht ihm in die Zähne, und um sich zu rächen, läßt er den Kopf in ihren Schoß fallen und zieht ihren Mantel über sich, damit der Chauffeur nicht sieht, daß er mit dem Kopf unter ihren Rock fährt. Während er sie zu beißen beginnt, hört er an ihrem Bauch ihren Körper mit dem Mann am Lenkrad spanisch sprechen. Mit einem Zipfel ihres Rocks im Mund schläft er wieder ein, spürt ihre Gegenwart über sich, ihr Bild auf seinen Augen, ein ertrunkenes Gesicht ohnegleichen, dessen Strenge ihn verachtet.

Oder ist es gar nicht geschehen? Er wird im ersten grauen Morgenlicht wach. Vogelgekrächze. »Ich sterbe«, hört er sich selbst deutlich sagen. Vielleicht sagt er es schon seit Stunden. Seine Augen bleiben schaudernd hinter der Tatkraft seines Gedankens zurück: daß er sie umbringen will. Immer und immer wieder stehlen sie sich von diesem Gesicht im grauen Licht fort. Doch das Zählen geht weiter, und das Schauen zählt sie, die blinden, im Schlaf verschlossenen Augen mit den violetten kleinen Stellen daneben, die hohe Straße ihrer Stirn, auf der sich die Falten unruhig bewegen, die entspannte Wange, die bis zu dem geringschätzig sich kräuselnden Mund fließt. Seine Hände sehen es auch, und seine Finger schweben dicht über der Haut ihrer Kehle. Dies ist die schreckliche Versuchung. Er weiß, daß er es nie tun wird, er wird diese Hand nicht auf diese Kehle fallen lassen und zudrücken, aber so sehr wird er von Angst vor sich selbst ergriffen, daß er langsam und vorsichtig, um sie nicht zu wecken, aufsteht und sich von ihr fortschleicht, weiter ins Zimmer hinein. Die Schere auf ihrem Tisch versteckt er unter einem Stück Stoff. Die Nagelschere auch, und eines nach dem anderen legt er die Messer weg, dorthin, wo er sie nicht wird sehen können, aber ihre Anwesenheit sticht und schneidet weiter und durchbohrt und durchtrennt eine weiche Substanz, zum Beispiel Fleisch. Atemlos wendet er sich ab von ihrem Bild, dieser schlafenden Puppe, und geht ins Bad, wo er sich im neuen Licht klarer werden sieht, aber nicht ruhiger.

Er legt seine Augen an diese Augen im Spiegel, aber die sind nicht aus Fleisch und Blut, er hat nicht wirklich etwas mit diesem Mann zu tun, der immer weiter leiert: ich sterbe ich sterbe. Er fühlt, wie sein Herz im ganzen Körper pocht, der Alkohol drängt von allen Seiten an seine Kehle, den Magen. Ohne viel Überzeugung beginnt er sich zu übergeben, und zehn Minuten später steht er keuchend in der Tür und schaut hinaus und atmet soviel Luft wie möglich ein, als könnte er davon für immer weiterleben.

Er sieht sich um, als er ein leises Geräusch hinter sich hört. Sie steht da und schaut ihn an. Er will hallo sagen, bringt aber nichts heraus. Ihr Gesicht ist vergittert und wehrt ihn ab. In der schrecklichen Stille hören sich seine Atemzüge schlimmer an als die Bäume draußen. Er geht auf sie zu und – jetzt, das Schrillen, der Aufschrei. Der Kreis hat sich geschlossen, die Schreie, Schreie aus tausend Kehlen. Der Mann dreht sich im Kreis, dort wo die Sonne ist, bewegt sich das Gold seiner Kleidung. In schmelzendem Gold geht er in die Mitte. Der Klang der Trompeten ist gebrochen. Er schaut in das Loch, das Maul des toril. Die Stille bricht an wie ein Tag. Blind von der Dunkelheit rennt der Stier hinaus ins Licht –

streckt die Hände nach ihr aus, nach ihren Brüsten. Daran hält er sie fest, und sie haßt ihn mehr als zuvor. Wankend steht er so da, bis sie sich befreit und ihn fortstößt. Er sagt nichts, versteht sie nicht. Die Vorboten einer Katastrophe. Sich auf die Lippen beißend, sucht er Halt an einem Schatten. Sie kann die Schwäche, die Rührung –

Mit einer blitzschnellen Bewegung schwingt er die capa durch die Luft. Die Stimmen der Tausenden sind abwesend, sind nicht da. In diesem Leerraum läßt er das Violett rechts neben sich aufblitzen. Der Stier dreht ab. Die Schreie vermischen sich mit dem Licht. Der Mann verwandelt sich und wird: zum Knieenden. Sein Gesicht paßt sich dieser Verwandlung nicht an, bleibt die gefährliche Maske, die den Tod prophezeit –

nicht mehr ertragen. Sie hören beide das Ticken ihrer Uhr am schmalen Handgelenk, Kanonenschüsse aus einem altertümlichen Krieg, rollend und detonierend. Er denkt: Die Sanduhr wird umgedreht, ich fange an leerzulaufen. Was weiß ich von ihr? Sie ist viel zu stark. Oder: Die Angst umgibt mich, niemand will dabeisein, weil es nichts ist, eine Angst vor Fächern in einem Salon. Aber ich muß doch meine Waffen ergreifen, dies ist das Gefährlichste, daß sie mich –

Dann hat das Tier sich umgedreht, ein Blitz, schwarzzuckend am Himmel. Die Hörner erfassen die capa, und ohne Waffen steht er allein, eine Begegnung mit dem Sand. Die lodernde Menge, ein großer Körper, riecht das Opfer und ah, ah, ein gequälter Schrei. Er rennt zur barrera, Schatten fallen über sein Gold, seine banderilleros machen die quite. Das Licht steht wie eine Nadel in den großen Augen des Körpers gegenüber. –

losläßt und der wilde Taumel beginnt: vom Schiff über das grüne Wasser und den tanzenden Cyril bis zu seinen Ängsten hier. Und die Strafe aus Schramms Lehmgesicht, daß er arbeiten müsse. *Was* arbeiten? Was? Seine Ohnmacht zerpflückt ihn, er weiß sich an allen Seiten bloß und ungeschützt. Sie sieht, wie das Insekt die Beine hebt, um etwas zu sagen, und sagt »ich will –

Die schlachtenden Soldaten kommen auf ihren Pferden herein, die peinigenden Stöcke in den Himmel gereckt. Sie reiten in der Arena herum. Die Augen in der Maske folgen den Bewegungen des Stiers. Die Menge kaut, trinkt, schaut. Der Stier hat angegriffen und steht da, stößt und rüttelt mit den Hörnern am verängstigten Pferdestandbild. Der Mann auf dem Pferd sticht die garocha in das schwarze Fell, den Nacken. Nun kommt Blut. Nach dem ersten wollüstigen Aufstöhnen setzt das Pfeifkonzert ein, dazwischen einzelne Schimpfworte. Die eiserne Spitze bohrt sich tiefer ins Fleisch. –

daß du gehst, daß du gehst. Es geht nicht. Ich will hier wieder allein sein.« Sie öffnet den Mund, um noch etwas zu sagen, den Mund, der ihn gebissen hat, aber sie sagt nichts. Er starrt ihr ins Gesicht, als ob er sie nicht sähe. Am liebsten würde er vor Ekel schreien, daß er hier mit einer so Fremden steht. Er denkt, ich kenne dich nicht, ich kenne dich nicht, und sagt: »Aber ich will arbeiten, ich weiß, daß es abscheulich war.« Doch das alles ist lächerlich, er braucht es nicht zu sagen. Ihr Gesicht wird abweisender. Ihn überkommt unsägliche Lust, sich zu erniedrigen, zu kriechen, zu flehen. –

Ist er richtig getroffen? Der rituelle Haß berührt den Mann nicht. Er sieht die kleine blutige Pyramide aus dem schwarzen Fleisch zurückkehren, er überlegt. Da ist noch zuviel Kraft, zuviel Kraft. Und eine unberechenbare Feigheit. Wieder setzen sich die mit Pferd gefüllten Matratzen in Bewegung. Der Bauer darauf, der Mann mit den eisernen Füßen, hebt seinen geschliffenen Stock hoch, der die Kraft aus dem Stier saugen wird. Immer beengter in seinem Gold steht der Kämpfer hinter der Schanze und lauert. Der Haß auf den vielen tausend Gesichtern flutet nun auch ihm entgegen. –

So stehen sie da, in dieser verbissenen, tausendmal zu revidierenden Situation. Englische Wahrheiten bilden sich wie Gase in seinem Denken, alleserklärende Sprüche, die erläuternd feststellen, there has been no joy, und, wie die Sprechblase in einem Cartoon, ein Ballon voll Wörter über ihren Köpfen, in dem er nur zu kramen braucht, weil sie da sind, this is a naturalistic situation, und die Rhetorik, die aus eigener Kraft wirkt, und immer und ewig dieses Registrieren, das, was weiterzählt wie ein Computer und Daten sammelt, um ihn von allen Seiten zu sehen, wirklich überall zu sehen, hineingehen, in die Zähne, mitten hinein. Auf eigenen Füßen wird er hineingehen zu seinem feigen Opfer, und diese *bestimmten* veronicas ausführen. Das Blut, Sirup, fließt, nein, tropft von der behaarten Pflanze, Flanke, es tropft in den Sand und liegt da, die Stimmen der Zuschauer tosen zum Präsidenten empor, diesem König in seinem palco, die Hand winkt von oben herab mit dem weißen Taschentuch, die schwitzigen Stimmen flauen ab. Doch der Matador nickt dem Mann auf dem Pferd zu, dem Pferd mit den verbundenen Augen, und zum dritten Mal bohrt sich das Eisen ins Fleisch, die Schreie der Menge fuera, fuera, FUERA FUERA, hinaus hinaus, eine wiederholbare Situation. Denn zumindest dies: Der Raum, in dem sie stehen, der Flur ihres Hauses, er ist quadratisch. Er schließt die Tür, sie sind allein – und wirklich, er sieht sie, sie sieht ihn, aber aus wievielen Winkeln sind sie zusammen zu sehen, was geschieht da? Wie weiche ich, denkt er, wie weiche ich ihr aus und bleibe bei ihr? Wie verliere ich nicht, wie darf ich bleiben? Er geht wieder auf sie zu, quert einen Lichtstrahl, der durch das Fenster über der Tür fällt und auf den Boden gerichtet ist, ein Spotlight dorthin, wo sie steht, doch sie weicht zurück. Das sieht er deutlich, ihre Füße, die zurückgehen, eine Karawane, und er rückt nach, zentimeterweit, und sagt: »Ich habe fast kein Geld mehr, wart, bis ich wieder Geld habe, ich werde dir nicht zur Last fallen«, aber ihre Strenge nimmt zu, in den grünen Strahlen ihrer Augen wächst –

der Mann, der im Schatten steht, der Mann, der die Funktion hat, zu töten, dies ist kein richtiger Kampf, er spielt sich im Schatten ab, er ist ein Schatten des Schattens, derjenige, der töten wird, derjenige, der beobachtet. Das Zeichen mit dem Taschentuch, die Trompeten, die Pferde stolpern hinaus, ihr Gang ahmt den von '14 – '18 trefflich nach. Er sieht seine tanzenden Harpuniere hereinkommen, sieht, wie ihre Schreie den zurückweichenden Stier aufstacheln, sieht den langen Bogen, sieht, wie sich die mit buntem Papier geschmückten Lutscher im behaarten Fleisch festhaken, er schaut und schaut und sieht sein Opfer schlaff in die Knie gehen und die Orgel beginnt wieder otro toro otro toro otro toro –

die Härte, der Entschluß. »Nein«, sagt sie, »nein, du kannst nicht bleiben. Ich will hier wieder allein sein. Und was du brauchst, davon bekommst du genug auf der Insel.« »Was will ich denn«, fragt er, aber er kennt die Antwort, die sie geben könnte, ohne daß er sich je erlauben wird, darüber nachzudenken, weil sie ihn jetzt beleidigt und demütigt mit der Wahrheit, und er geht auf sie zu, noch einmal, flehend, und berührt sie wieder und wieder und tippt von hinten an ihren Hals und berührt ihren Kopf und zupft an ihren Händen, damit sie es ist, die ihn an sich zieht, und sie kämpfen schweigend, einen Augenblick lang. Dann läßt sie sich teilnahmslos von ihm küssen und –

Faena de matar. Der Akt des Tötens. Das Licht wird gefährlicher, als er weiter in die Arena vordringt. Er weiß jetzt, wie er vorgehen wird. Das kennt man. Immer mehr wird das Tier zu seinem eigenen Tier, seinem Spiegel. Auf diese schwarze Masse, aus der die Hörner wie Seelen ragen, geht er zu, wie zu einem Spiegel, und schaut in die keuchenden Augen. Die nächsten Fotos kommen ins Bild: der ganze Sand, sein rechtes Knie mit der goldenen Platte hochgezogen, immer ehrerbietiger kniet er auf dem linken. Es ist eine Szene von unbeschreiblicher Würde. Sein bleiches Gesicht, in dem die Augen auf dem Foto mit den Brauen verschwimmen, oder besser gesagt: das Gesicht mit den Löchern, es hat den Blick auf das vielleicht sechzig Zentimeter hoch erhobene Tuch gerichtet, zu Eisen erstarrt. Dorthin ertrinkt das Tier. Einer der Lutscher hängt abgeknickt nach vorn, an der Spitze einer breiten Bahn öligen, mennigroten Bluts, Grundierfarbe des Todes. Die Hörner, die gleich tot sein werden. Das Blut, das gleich tot sein wird. Die Augen, die gleich tot sein werden. Der aufstiebende Sand. Faena de matar. –

nimmt ihn für einen Augenblick in die Arme. Was sieht sie wieder? Den Fremden jenes heiteren Nachmittags, der erst noch beginnen muß, jenes Nachmittags vor wie langer Zeit? Tage, die beginnen, und niemand sieht, aus wieviel tausend Kilometern in der Zeit dieses Taxi aus der Stadt gefahren kommt und an Marcos Terrasse hält, das monumentale Taxi, aus dem er steigt, der Held einer Geschichte, Bakterien der Angst im Körper und Auflösung in den Fingern, mit denen er ihr die Hand drückt, mit denen er sie jetzt streichelt, die Wahnsinnschemie, die alles verändert, die in uns schaltet und waltet – und er denkt, sie saß da und wir fuhren nach San Vicente, Bruchstücke des Nachmittags reißen sich in seiner Erinnerung los, und wieder kratzt und küßt er sie wie an jenem ersten Nachmittag, und wieder schießt die Zersetzung dazwischen, wieder sieht sie die Zerstörung über sein Gesicht gleiten wie ein Tuch –

ein anderes Foto. Der Tod rückt näher. In ihm ist keine Spur von Spannung. Er wird töten, indem er beobachtet, nein, während er beobachtet. Das Beobachten ersetzt das eigentliche Kämpfen und kämpft. Aus diesem Blickwinkel sieht es aus, als kämen die banderillas aus dem blutschäumenden Maul. Die Vorderbeine sind merkwürdig verdreht, doch er hält die muleta wie einen unheilbringenden Zauber über den Kopf, in dem die Nüstern wie leere Augen nach der Farbe lauern, der Farbe, noch immer der Verlockung der Farbe. Matalo! Töte ihn! Aber nein, er wird sie lehren, diese Ketzer. Dies ist erst die Phase der *Strafe* –

und das ängstigt sie, und gleichzeitig mit dieser Angst kommt wie immer die Verachtung, aber diesmal stößt sie ihn nicht von sich, sie zieht ihn mit aus dem Bad in das Zimmer, wo das Bett steht, und er muß mit, und plötzlich sieht er, daß er muß, was er gewollt hat, den Trost, den er wollte, muß er selbst in Gang setzen wie eine alte Maschine, knarr knarr macht das Bett, als er sich hineinlegt und sie nicht festhält nicht mehr packt sondern daliegt und auf die lebenden Balken an der Decke schaut und weiß das ist das Schlimmste was sie hat tun können, dies ist die Strafe, und mit äußerster Willensanstrengung dreht er sich zu ihr, über dieses Gesicht, den maskierten Frauenkopf unter sich, um alle Haare zu zählen, alle Wimpern zu zählen und Licht, das aus den Fenstern hereinfällt und alles erfüllt mit einer allzu vergrößernden Helligkeit, die Grausamkeit in ihren Augen nimmt zu und zu –

der Strafe, die das Tier zähmt und zurückzwingt und lockt und zurückzwingt aus dem gewählten Kampfgebiet. In der Menge bricht wieder Ungeduld aus. Die Schreie sickern in ihn ein, er wird gleichgültiger denn je. Er betrachtet sein Opfer und legt es auf eine Schale. Das ist nicht schwer. Das blutige Tuch wieder erhoben, dreht er das Tier in Position, stößt das Schwert in die Luft, sticht zu und stützt sich darauf wie auf eine feste Unterlage, lehnt sich dagegen mit aller Kraft, dies ist Töten. Das Schwert schießt in den Stier und trifft auf Knochen, wie ein silbernes Teil der Luft schnellt es in die Höhe. Eine Hand reicht ihm ein neues Schwert, aber nein, das Monument ist schon im Sterben begriffen, und wie! ein Maul voller Blut zu Zeus erhoben, Atem, Geist, blubbert noch heraus, jede Blase in diesem Blut, dieser Ausschlag auf der Mennige, das alles heißt Leben, und da stirbt es, das Leben, wie an einer Epidemie, schwarze Beine knicken um und lassen den Körper auf den goldenen Sand fallen, wohin er will, den er färben will. Schau, er taumelt, kippt um, und der kleine, raubtierartige Sprung, den der Tod und das Leben gemeinsam in diesem Körper machen, ein tödlicher Stromschlag, schon lang hat er sich umgedreht, die Sonne –

und schärft sich an den Handlungen, die sie verrichten, denn anders kann man es nicht mehr nennen. Als es *vollbracht* ist, consummatum est, und sie tausendmal über ihm gesagt hat, ich will, daß du gehst, und mit den Zähnen alle Tränen von seinen Augen gebissen hat, rutscht sie von ihm weg, wobei sie ihn nicht mehr mit den Händen berührt, sondern sich über ihn hinweg abstößt, so daß ihre Hände neben ihm kleine Mulden auf der Matratze hinterlassen, und sie richtet sich in der Ecke auf und sagt spöttisch »und weinte bitterlich«, und er schnellt auf wie eine Feder und beißt sie in die Hand, erstaunt hebt sie die Hand und schaut auf das Blut und küßt ihn und tippt dabei etwas von dem Blut an sein Gesicht und sagt: »Ich kann auch nichts dafür wirklich nicht wir hätten nie damit anfangen dürfen«, aber diese Schwäche zerstört mehr als das andere die in Offenheit und Mitleid schwelgende Situation, die jetzt entsteht –

hat die Arena verlassen, nur sol, die Sonnenplätze, werden noch von der Sonne erhellt, die Köpfe der pobres sind noch in Licht getaucht. In einem Flügel von Schatten geht er, sein Gold wird nicht länger beglänzt. Er verschwindet hinter der Schanze des burladero. Während das Schwarze hinter ihm unter Gejohle, Spuren hinterlassend, über den jetzt dunklen Sand geschleift wird, fühlt er, wie sich die unbeschreibliche Müdigkeit, die getane Tat, in ihm einnisten. Sein Helfer wischt das Blut von seinem Schwert, mit schneller Bewegung, und etwas von diesem Blut spritzt ihm auf die Hand, er sieht es und sieht es nicht. Er weiß, daß es etwas bedeutet, und denkt vage einen Satz in Worten des Abschieds: Aber das geht schon viel zu weit. Nichts, nichts von alledem denkt er. Wasser wäscht das tote Blut von seiner Hand, und es verschwindet, ist nicht mehr da –

Mitleid! Der Sieg, den sie errungen hat, jetzt ist nichts mehr möglich. Er läßt sie los und flüchtet in äußerster Verzweiflung auf den Flur. Jetzt noch Theater spielen müssen... Sie verfolgt ihn mit Worten, bang vor den lächerlichen Dialogsätzen, die sie übereinander ausschütten, wissend, es ist nur eine Verlängerung von etwas, das es schon nicht mehr gibt, das nicht mehr existiert.

In Ketten stehen sie auf dem Flur, ihre Hand mit dem Blut erhoben, ein Regiedetail, und beide hören sie die hastigen Schritte und wissen, North, und schon steht das amerikanische Schriftstellertum da, nimmt die Brille ab, um sich den Schweiß aus den Augenwinkeln zu wischen, und sie schauen auf diesen keuchenden Blinden, der da steht und sich am Türpfosten festhält. »Cyril has had a heart attack«, zu André. »He wants to see you!«

»Warum mich«, denkt er und dreht sich zu ihr um, lacht sie? Sie sagt: »Ich werde dein Gepäck zu Schramm bringen lassen, ist dir das recht?« »You're bleeding, dodo«, sagt North, und André sieht das geheimnisvolle Lächeln zwischen den beiden, als ob ihre Hände in North's Gegenwart oft geblutet hätten.

»Gehst du mit?« fragt er den Schriftsteller, der ihn geringschätzig ansieht und sagt: »Come on you papal placenta, this dead man won't bite you«, und nach einem Moment des Nachdenkens: »Vielleicht stirbt er ja in meinem Beisein, du weißt, daß die Seele den Körper in dem Augenblick verläßt, in dem die Verwesung einsetzt. Darauf werde ich warten.« Er setzt die Brille ab, und wieder steht da ein Blinder und spricht, während er mit der Hand an der Wand herumtastet. »Es heißt, die Seele sei unsichtbar. Was glaubst du? Aber zieh dich an!« Und während er sich anziehen geht, hört er, wie hinter ihm diese Stimme, an sie gewandt, weiterkrächzt: »Did you love Cyril? I mean really, like I loved him? He was my favored old man.« Und leiser: »Schickst du ihn weg? O, o! Ah! Ich spüre einen kalten Wind! Cyril ist tot! Er kam hier vorbei, ssst durch den Gang, seine Seele stieß sich, oh, oh. Hey soul of Cyril, I can smell you, diese Seele stinkt nach billigem spanischem Weinbrand, Osborneseele, Oxfordseele, Platitüdenseele, Liebeseele.« Als er auf dem Flur steht, sieht er, wie North mit einem Taschentuch das Blut von ihrer Hand wischt.

»Warum wollte er mich sehen?« fragt er.

North dreht sich um, sieht ihn an, schon wieder zu lange. Er schlägt die Augen nieder und hört ihn sagen: »Niemand wird je wissen, weshalb er dich sehen will, wenn er einen Herzanfall hat. Aber jeder will immer dich sehen, wenn er einen Herzanfall hat. Verstehst du? Du hast dieses gewisse Etwas, das, was auf Sterbebetten gefragt ist. You could make a fortune just by kissing souls back in their places for one interminable second, because you can, Pacelli!« Und plötzlich, streng und deutlich: »Beim Kiosk wartet ein Taxi auf uns!«

Soll er sie anschauen, jetzt, wo er geht? Er geht auf sie zu, Dämonen der Kälte halten ihn an der Hand, ein literarischer Abschied, da steht er, beugt sich vor, küßt, seine Lippen an ihrer Wange, schon ist er fort, draußen, geht den Hang hinunter, an den Kakteen vorbei, an den Aloen vorbei, und sie schaut ihnen von der Tür aus nach, sieht sie verschwinden in dieser arkadischen Schale voll Grün mit dem peloponnesischen Dorf auf dem Grund, zwei ehemalige Liebhaber, die den Hang hinuntergehen und unterschiedliche Versionen von ihr mitnehmen, es ist unerträglich.

Sie will sich freischreien oder lostöten aus ihren Köpfen, ihren Körpern, aus den Erinnerungen in ihren Händen und Augen, das, was sie von ihr besitzen, will sie leugnen, und sie weiß nicht, wen sie mehr haßt, ihn, den sie besiegt hat, oder North, der zurückkommen wird.

Sie geht ins Haus und nimmt aus einer Schublade die Zeichnung, die sie von André nach einem Foto gemacht hat, ohne daß er es bemerkte. Alles ist in diesem Gesicht, die Textur aus Sentimentalität und Arroganz, der Haß, von dem er selbst kaum weiß, der ihn bewegt und der ihn zerstört, gerade weil er nicht weiß, daß es Haß und Aggression sind, die ihn treiben, daran leidet er, denkt sie. Ihm nachgehen, ihn zurückholen, sagen, ich weiß ich weiß, aber nein, statt dessen das Bild zerreißen, schwarze Magie, und gleichzeitig Angst vor dieser Tat und dann doch triumphierend ins Bad gehen und an die Wand schreiben mit Bleistift und Grausamkeit *nemo me inpune amavit.* Es ist zwölf Uhr morgens, Geisterstunde.

19

Die ganze Zeit über haben sie nicht gesprochen. North hat ihn einmal festgehalten und ihm einen Kuß auf die Wange gegeben. Da sind ihm Tränen in die Augen gesprungen, er hat geschwiegen bis zum Fuß des Hügels, und North hat nicht geschimpft und ihm unten noch einmal eine halbe Akkolade gegeben, die andere Hälfte blieb leer in der Luft hängen. North hat den Taxifahrer angewiesen, so schnell wie möglich zu fahren, das alte Auto ächzt und rappelt an den mittlerweile bekannten Kreuzwegstationen vorbei, der angefressenen Mühle, der Aprikosentrockenanlage, dem Hügel mit der Ruine. North sagt nicht viel, vielleicht ist er doch nicht unbeeindruckt. Einmal fragt er, wie lange André noch auf der Insel bleiben will, und André antwortet, er werde sie mit dem ersten Flugzeug verlassen.

»Wohin?«

»Zurück nach Holland.«

Holland! Dieses lächerliche Land, das ihm nie etwas bedeutet hat, plötzlich muß er dorthin zurück, als ob das etwas helfen würde. Aber er weiß, daß er glaubt, daß es hilft, und daß er darum zurückwill, seine Angst wird nachlassen zwischen dem Bekannten, Vaterland als Medizin. Visionen von satten Wiesen und verderbenbringenden Sommern ... Er fühlt sich nordischer denn je und hüllt sich in Heimweh. Über Cyril sprechen sie kein Wort. Hofft er, daß er bereits tot ist? In der Ferne sehen sie die bekannte Silhouette, die Stadt auf dem Hügel. Das Taxi fährt schnurstracks zur Clinica. Wer sitzt alles auf der Caféterrasse? Cyril nicht mehr!

Ein großer, slawisch aussehender Mann bringt sie zum Zimmer des Kranken.

»Cuidado, eh? y solamente uno puede entrar. Uno solo ...«

»Wird er sterben?« fragt North.

Der Mann sieht ihn mit aufrichtiger Verachtung an und sagt: »Natürlich stirbt er. Aber es scheint ihm nichts auszumachen. Ihr braucht ihn also nicht aufzumuntern, ihn nicht.«

Und wiegenden Schrittes trollt er sich den Flur entlang, zu seinen anderen Toten.

North öffnet die Tür, behutsam. Cyrils weißer Kopf ist nach vorn gesackt. Das gelbliche Haar hat sich über die linke Gesichtshälfte geschoben, er sieht aus wie ein ganz altes, fieses Mädchen. In seinem Augenwinkel liegt eine Träne. Die Lippen sind ein wenig vorgeschoben und die Augen nur halb geschlossen. Weiße glasige Muscheln starren ins Zimmer. Eine Hand liegt schrecklich allein auf der dünnen weißen Überdecke, die andere ist nicht da. André sieht, wie North eine Welle der Übelkeit unterdrükken muß, aber als er über den sich bewegenden Fußboden auf das Bett zugeht, hört er ihn hinter sich zischen: »Go greet the queen of all England, and be nice to him.«

Steh auf, steh auf, denkt er, als er vor dem Bett steht und auf den liegenden Mann sieht. Der aber bewegt sich nicht. Ihn überkommt eine allesbeherrschende Anwandlung, zu flüchten, davonzulaufen. Mit einem langen Blick schlürft er das Zimmer in sich hinein: das blutende Kruzifix über dem Bett und das Bett selbst, aus Eisen und weißlackiert. Daneben der Nachttisch und darauf ein Buch. Ein Buch! Unter dem Bett ein alter Koffer mit vielen Hotelaufklebern, Hotel Semiramis, Cairo. Hotel Damascus, Damascus. Hotel Beau Rivage, Nice. Das hättest du nicht gedacht, sagt er zum Koffer. Er geht langsam auf das Fenster zu und sieht hinaus. Im Garten spaziert eine Nonne auf und ab wie ein altes, aufrecht gehendes Tier, das lesen kann. Schritt Schritt lies lies, ihre Lippen brabbeln vor sich hin, während sie am Oleander vorbeigleitet, sie umklammert ihr schwarzes Buch, als wäre es eine Beute. Er klopft ans Fenster, und erstarrt bleibt sie stehen und sieht nach oben, doch er ist bereits zurückgetreten und steht hinter den Gardinen und denkt, während er abwechselnd auf ihre Hand und auf Cyrils Hand schaut, die Hand da wird diese Hand da waschen. Aus einer Vase auf dem Boden nimmt er eine Blume und zerreibt ein Blättchen zwischen Daumen und Zeigefinger, doch seine Hände färben sich nicht. Die Wände beginnen jetzt langsam auf ihn zuzukommen, zu kippen, er geht rückwärts zur Tür, aber in diesem Moment reißt der alte Mann die Augen auf, die Pupillen gehen im Osten auf und sehen ihn an. Mit der Hand, die unter der Decke verborgen war, drückt Cyril sich hoch. André hört ihn deutlich sagen: »Welcome in my last universe, old chap. Nearer my God to Thee. Setz dich.« Er deutet auf den Bettrand.

André setzt sich und nähert sich dem Gesicht des

Kranken. Die Hundewangen sind mit langen weißen Haaren bewachsen, sie haben ihn nicht rasiert. Hat sich vielleicht nicht mehr gelohnt. Ist es einfacher, einen Toten zu rasieren?

In seinem überspannten Zustand reißt er weiter das Fleisch von Cyrils Gesicht und von den Armen, diese weißen sich bewegenden Tücher. Er will ihn schon jetzt tot und steif sehen, in unschicklicher Ruhe in einem Sarg, weil er weiß, es wird ohnehin geschehen, bald, morgen. Daher sagt er, während er sich verkrampft zu dem Liegenden vorbeugt: »Und wann kommst du wieder raus?«

Der alte Mann schüttelt sich vor Lachen, doch es ist ein Lachen, das nur einen geringen Spielraum zum Hin- und Herrollen hat. Der Rest ist Wimmern und Ächzen. »Nie mehr! Als ich London verließ, wußte ich, daß ich nur noch als Toter zurückkommen würde. Denn ich gehe zurück, wie ein Chinese! Nicht, weil ich etwas drauf geben würde, sondern weil ich es will ... ich weiß, daß es nichts bedeutet, aber offenbar ist es doch zuviel von mir verlangt, all diese rationalen Ideen ... das heißt ... ich will nicht auf dieser Insel liegen ... hah ... hah ... liegen ... ich gehe zurück, nur ein Katzensprung mit dem Flugzeug, das habe ich schon mit dem Konsul geregelt.«

Und während er sich etwas weiter aufrichtet, das heißt, mit einer anderen Farbe im Gesicht: »Ich weiß nicht, ob es der ... Mantel des Todes ist, den ich jetzt spüre (macht eine weite Armbewegung) ... aber ich finde, daß ich ... es ist nicht, was ich erwartet hatte. Da ist kein Pathos. Ich versuche es zwar, aber da ist nichts. Verstehst du, was ich meine? Nein, du verstehst es nicht, zumindest solltest du es nicht verstehen. Wie geht's Clara?«

»Gut.«

»Bist du noch bei ihr?«

Er schaut auf die begehrliche Neugier in diesem Gesicht und denkt, wie ist das möglich, auf dem Sterbebett noch den lüsternen alten Mann spielen. Mit einer gewissen Mühe sagt er: »Nein, da bin ich weg.«

Cyril nickt und läßt sich langsam in die Kissen sinken, legt sich auf die Seite. Glas darum herum, und er wäre einer dieser wächsernen, herausfordernden Heiligen in spanischen Kathedralen, bis in alle Ewigkeit zur Schau gestellt in der göttlichen Tiefkühltruhe, gegen Unfruchtbarkeit, gegen Lepra, gegen geistige Verwirrung. Aber nein, noch einmal springen die Augen über den schiefhängenden Wangen auf, und er sagt, sogar kichernd, »mein Leben lang, vor allem, wenn ich mit einer Frau zusammen war, habe ich gedacht, wer wird meine letzte Frau sein. Infantile Überlegungen! Hinterher betrachtet, doch nicht so abwegig. Jedenfalls, es war *sie*...«

Er streckt die Hand nach Cyril aus, als wolle er wirklich etwas sagen, aber alles, was ihm einfällt, nimmt die Form ihres Namens an. Clara, Clara.

»Bist du krank?« (ein Sterbender fragt...)

»Ja.«

»Was hast du?«

»Ich weiß es nicht, ich bin krank.«

Cyril fährt sich mit seinen gelben Fingern über die Stirn, als müsse er einen tröstenden Gedanken zwischen diesen Falten zusammenfegen. Und als böte er ihm diesen Gedanken an, hält er ihm die gespitzten Finger hin – wie früher Krabben oder Oliven oder ein Glas – und sagt: »Sterben ist ein Heilmittel gegen so vieles«, aber was meint er? Er will fragen, was meinst du, aber als Cauda dieser Äußerung kommt ein Filmstarseufzer aus den dreißiger Jahren, und was noch von seinen Augen übrig ist, hebt sich in dem Moment zum Himmel. André hält sich bestürzt am

Bettrand fest und betet: »Nicht in meiner Gegenwart! Laß diesen Kelch an mir vorübergehen!«

Die Augen senken sich wieder, und der Mund schließt sich wieder, er wird jetzt wirklich müde, und zum erstenmal sieht sein Besucher etwas, was der Tod sein muß, herankriechen, doch es gelingt ihm noch trotz aller Panik, etwas über den Körper dieses Mannes mit Clara zu denken, und Cyril fängt wieder zu reden an, aber er hört nicht zu, warum sollte er zuhören? Das Leben, das zur Neige geht, das ihn nun mit Fetzen englischer Vergangenheit behängen will, als wolle er doch noch Rede und Antwort stehen, sich in aller Eile ins Buch einschreiben, aber vergebens, der Sterbende hat den Falschen hergebeten, hilfesuchend mag der Kranke die Augen aufschlagen, seufzen, lächeln, Brocken eines Lebens hervorstoßen, sein Besucher hört zwar zu, aber alles, was da erzählt wird, ist doch ein anderes Leben, er geht mit nach Harrow, flüstert Frieda Lawrence ein Geheimnis in die Ohren, kämpft bei Passchendaele, sieht Valentinos erste Filme, immer schneller drehen sich die Mühlen, er zieht sich dieses entrinnende Leben über wie ein neues Kleidungsstück, um seine Angst warm zu halten, und gleichzeitig spielt er noch immer den Zuhörer an einem Sterbebett, sitzt so still wie möglich und spielt den Spiegel, und der alte Mann hält ihn sich vor und malt ein ganzes Leben hinein. Er, der Spiegel, saugt es auf und denkt, schade, daß ich nicht mehr schreiben werde, schade, schade. Denn ich werde nicht mehr schreiben. Ich will weg. Mit nicht mehr zu störender Klarheit kündigt es sich an, wieder. Unter den Böen von Leben, die jetzt über ihn hinwegziehen, dem Leben eines Engländers, 1900-62, das sich in ihn einnistet mit Frauengeschichten, Ängsten, Überlebensgeschichten, liest er sein eigenes Leben, sofern er eines hatte, und will weg. Eine

Orgie von Angst und Kummer ergreift Besitz von ihm, verschwunden ist schon wieder die Erleichterung der Klarheit, wie in jener ersten Nacht bei Clara würde er sich am liebsten auf dem Boden wälzen, winselnd und jaulend, doch mit übermenschlicher Anstrengung hält er an sich. Nicht jammern, nicht den Sterbenden schlagen, nicht wegrennen.

Alle Versuchungen ..., das Leermachen ringsum. Aber die Puppe, dieser Körper, ist noch da, etwas, was von dem noch anwesend ist, der er war, etwas, das dabei ist, das Leben aus sich zu vertreiben, es sitzt da und nickt, der perfekte Zuhörer, der Gesandte, der Vertreter, niemand.

Und der Sterbende, der Arme, der in seinen letzten Stunden so betrogen werden mußte. Ein ganzes Leben voll selbst erlebter Geschichten, zum letztenmal gültig und danach nie wieder, die jetzt nur dazu dienen, die Angst eines anderen zu füllen, zu unterstreichen. Und noch immer kann er denken!

Ein Arzt kommt ins Zimmer. Er hört nicht, was der Mann sagt, läßt sich aber zitternd mitführen. Doch an der Außentür werden sowohl er als auch der Arzt wieder zurückgerufen. Da liegt der Tote, den Mund leicht geöffnet, die Hände an den Enden seiner weit ausgebreiteten Arme baumelnd. Unser Held weigert sich, die glasigen Kiebitzeier zuzudrücken. Unter beruhigenden Worten wird er in ein Zimmer gebracht, wo eine liebevolle Nonne (die aus dem Garten? Nein! Die wäscht natürlich Cyril) ihm eine Spritze gibt. An den Schmerz in seinem Arm denkend geht er hinaus, wo das Licht gewaltige Striche durch ihn zu ziehen beginnt.

Jetzt ist es nur noch eine Frage der Zeit.

20

An der Kreuzung der beiden Betonklötze, dort, wo die breiten, mit weichem Teer gefüllten Rinnen sich schneiden, flog der Vogel auf, so hoch wie möglich. Er dachte an die Pülverchen, die er so tief in seinem Koffer verstaut hatte, und sah, wie die beiden mozos den Sarg ins Flugzeug trugen. Die Gruppe stand auf der Terrasse der Bar, Gläser in der Hand, Leid auf den Gesichtern. Nur Pepe saß, das Holzbein gefallsüchtig vorgestreckt, und verfolgte gefräßig das Schaukeln des Sarges. Jetzt waren sie am Flugzeug. Im Silber der alten Bristol wurde eine Höhle geöffnet, eine Begräbnisstätte. Der mozo hob den Sarg, in dem Cyril lag, hoch und schob ihn in die Pyramide. Es würde noch Tausender und Abertausender Schichten Flugzeug bedürfen, bevor er bestattet war, aber der mozo sah sorglos über das billige rauhe Holz zu Antonio, seinem Mitträger, als lüde er täglich englische Leichen in Flugzeuge. So nicht, Antonio! Masken der Betrübtheit. Dies sind Beobachtungen, dachte er. Die Spritzen, die er sich seit jenem ersten Mal mit einer langen Geschichte immer wieder holen gegangen war, taten lautlos ihre Pflicht. Verkleidet als er selbst saß er am Rand des Flughafens wie ein wartender Fischer. Das Blut bewegte sich träge und dick durch seine Tunnel, und mit Mühe stellte er seine Augen wieder auf die Gruppe der Verabschiedenden ein, die sich, wie immer, am Flughafen versammelt hatten, um zu trinken und zu winken, diesmal jedoch für einen Toten.

Er verspürte Verzweiflung, aber es war eine Verzweiflung, die nicht mehr zum Ausbruch kam. Er war gelähmt, die Hauptperson einer tragischen Geschichte. Pflichtgemäße Gedanken, wie Cyril jetzt aussah und ob er nun schief oder merkwürdig oder verdreht lag, weil Luis ihn so hoch gehoben hatte. Heulend schob Antonio seinen großen englischen Freund ins Flugzeug, den Koffer hinterher, und drehte sich dann im blendenden Sonnenlicht zur Seeseite des Flughafens, wo das mediterrane Glück glitzernd und blinkend zum Greifen nah lag, die grünen unsichtbaren Hügel darunter, die Urnen, der verwirrende Tang, und darüber die unsterblichen Fischer, nach Schätzen im Wasser grabend, nach dem lebendigen Silber. André erschauerte, ein wirklicher Kummer. Es war wie beim Mond, immer näher rückte die Dunkelheit, immer mehr Licht wurde von ihm weggefressen. Er stand auf und setzte sich wieder. North kam zu ihm, doch er war unverletzbar geworden. Die Verachtung, die er für sich selbst empfand, übertraf alles andere. Er sah in dieses Gesicht, das ihm fremd und unwichtig vorkam, und sah, daß es sagte, daß Clara gekommen sei.

Er sah zu ihr. Sie kam näher. Diese Kreide auf ihrem Gesicht ist auch Trauer. Worum? Nicht um ihn, der wegging, den sie kaum gekannt hatte, zwei Tage. Oder doch? Oder um Cyril und was dieser von ihr mitnahm, dorthin, wo sie es sicher nie wieder würde aufspüren können, Erinnerung an sie gestorben, sie gestorben. Um sich selbst also. Er empfand Mitleid mit ihr, konnte jedoch nicht mehr zu ihr gehen. Unter ihren Augen war eine Andeutung von Schwarz. Ihr Vater war zweifellos von Partisanen niedergeschossen worden, zusammen mit ihrer Mutter hielt sie sich in der Remise versteckt. Die Dienstboten waren geflüchtet.

Sie küßte ihn flüchtig, ein Kuß für das Gewesene. Er hatte kurz das Gefühl, er müsse jetzt aufstehen und mit ihr gehen, doch dieser Gedanke hatte lediglich ein leichtes Keuchen zur Folge, und er sah sie an, so daß sie erschrak. »Ich gehe weg«, sagte er, während er andere Dinge sagte, ihre Beziehung aufriß und mit ganzer Kraft hineinlugte, und hob seine Hände, die über fünfzig Jahre lang das Bistum regiert hatten, und rieb kurz über ihre Schulter, über die Rundung ihrer Schulter. Keinerlei Ironie, dachte er, nichts, nirgends, die Schauspieler alle tot im Bett aufgefunden, das ist wenigstens was.

Ein Propeller des altmodischen Flugzeugs fing an sich zu drehen, das Silber vibrierte, er bekam schon wieder Angst. Avación y Comercio, S.A. Barcelona. In dieser Zierde werde ich fliegen. Eine Ekstase, freilich ohne die Leichtigkeit, die dazu gehören sollte, nahm ihn ganz in Beschlag, er war beschäftigt. Aber er sah sie! Langsam, gut zwanzigmal, stand er auf und ging an der Ehrenwache vorbei zum Flugzeug. Schramm, wo ist Schramm? Und der Arzt, der zu ihm gesagt hat, mejor que vuelva Usted inmediatamente a su país, Usted está ya muy enfermo, und das poröse katalanische Gesicht hatte gezittert, nicht aber die Hände ... Schramm, Schramm? Der Maler stürzte sich auf ihn, schob ihn ein Stück vorwärts an seinen Wirbeln, tröstete. Leise sprach Schramm auf ihn ein, blies und knallte ihn ins Flugzeug, und von seinem Platz hinter den kleinen Fenstern aus sah er sie noch einmal alle dastehen, das ganze Heer. Das Flugzeug vibrierte unruhig, doch er schaute weiter hin, als könne er nie mehr etwas anderes sehen, da standen sie, erst die blaue Luft, aire, die um sie herumtroff und in der sie schwammen, der Maler, und Clara, ihre grünen Augen hingen mitten in ihrem Gesicht und sahen das blinde Fenster, hinter dem er saß, sie würde ihn nie wiedersehen.

Noch einmal fiel er mit ihr vom Hügel und biß sie in den Hals, schlief mit ihr, doch Norths böser Schatten schob sich dazwischen, und von ihr blieb nichts als Ärger und Abwehr. Cyril war auch nicht da, um ihn zu verabschieden! North sagte etwas zu ihr, und sie lachte, was sagte er, er würde es nie erfahren, was sagte er? Sujétense los cinturones ... your safetybelts! Aber wer kam da noch auf das Flugzeug zu? Charlie, der auf Krücken ging und der einmal Geige gespielt hatte bei Pepe, gestützt von seiner grauen Frau. Cyrils Freund ... »I was in the colonial office, why, Andrew, you must come to my finca one day, Cyril knows where to find it, it is near Santa Gertrudis, there is no light and no water, of course, but I even grow Figs! Figas! ...« Sie würden alle einzeln sterben, war das kein erregender Gedanke? Durch das Vibrieren des Flugzeugs verrutschte der Sarg im Laderaum, als er sich umdrehte, sah er es. Sujétense los cinturones. Prohibido fumar. Der einzige andere Passagier, ein alter Spanier mit weißen Schuhen, bekreuzigte sich, voller Angst, und zu Recht. Das Flugzeug beginnt zu schreien und zu rennen, ins Meer, schau! die Stadt, schau! die Insel, und er hängt über der Insel. Seine Geliebte ist jetzt sehr klein, und er kann sie nicht mehr sehen. Auf dem Meer fährt ein weißes Schiff, das Schiff von Barcelona? Befindet er sich darauf? Er selbst, noch einmal auf dem Weg zu seiner Ankunft!

Aus der Höhe starrt er auf sein Bildnis. Die Leiche aus dem Sarg im Laderaum ist wieder Mensch geworden und steht, in Tweed gehüllt, an der Reling und spricht zu ihm. Denn was kümmert es die Zeit schon? Alles geschieht immer, ständig. Wie ein Faden wird er durch die Nadel seines Schicksals gefädelt, das Flugzeug sackt kurz, um das Schiff zu grüßen, es ist wirklich dasselbe Schiff, die Ciudad de Valencia, die durch den Fall verdrängte Luft steigt kraftvoll in seinem Körper nach oben, ein Schwindel wirbelt hinter seinen Augen, aber er schaut, bis das Schiff hinter dem Flugzeug verschwindet, und dann gibt es nichts mehr als das Meer, eine blinkende Platte, und ihr

Schatten darauf, ein kleiner, sich vorwärts bewegender Schatten, und darin ist er, und Cyril. Der Schatten macht Geräusche, ein tiefes Brummen mit einem hohen Heulton darin. Er zündet eine Zigarette an und wirft sie weg. Vergeblich versucht er, geordnete Gedanken zu fassen, aber jeder Gedanke wird von Hunderten von überspannten Bildern überspült, und jedes Bild bricht er ab mit dem Allheilmittel: nach Hause, nach Holland, und gleichzeitig: eine Wehmut ohnegleichen, um was übrigens? um Schramm, um sie, um die Insel, weil er gesund sein wollte, auf den Felsen liegen, hellblaue Kleider tragen und braun werden wollte, die kindischsten Dinge, Wünsche, hinter denen sich das Unheil verbirgt. In dem langsamen Bogen, den das Flugzeug flicht, sieht er die Insel noch einmal daliegen, nun freilich unendlich weit weg, verschwommene Hügel, in einem Schleier dahintreibend, es kann nicht wahr sein, daß dies etwas mit der Wirklichkeit seiner Vergangenheit zu tun hat, und nur Bilder, Bilder drängen sich auf, immer raffinierter, Wandteile, Blätter von Pflanzen, eine Fliese in ihrem Bad, ein Name auf einem Stück Papier, ein Glas in einer Hand, wessen Hand ist das? Die Insel wird eins mit dem Meer, treibt davon, aber sie sind dort, wo er nichts mehr sieht, sind sie, sie sind dort und er ist hier. Er denkt, daß er laut sagt, ich will zurück, aber er sagt es so leise, daß der alte Spanier ihn nicht hört. Danach geht er in die kleine Toilette des Flugzeugs und wartet in seiner Zelle, bis er die Übelkeit des Landeanflugs spürt, und er kehrt auf die Erde zurück in der Gestalt eines Opfers.

Die schlammfarbene, in viereckige Blöcke gehauene Stadt kommt auf das landende Flugzeug zu, er eilt die Treppe hinunter im dampfenden Licht und steht auf einem schwimmenden Betonblock. Er sieht, wie zwei

Arbeiter in blauen Overalls ins Flugzeug klettern, und hört ihren Ausruf, als sie den Sarg sehen. Mit starren Gesichtern kommen sie heraus und stellen den Sarg auf den Beton. Sie haben Cyril schon nicht mehr gekannt, er wird zu einem Toten degradiert. Niemand kommt auf André zu. Er hat dem englischen Konsul auf der Insel versprochen, dafür zu sorgen, daß der Sarg in ein Flugzeug nach England kommt. Mit scheuen Blicken auf den Sarg ist der alte Spanier verschwunden. Die Arbeiter sind gestikulierend weggegangen, die Gesichter plötzlich pißfarben in der Sonne, die hölzerne Maske des Schrecks bereits wieder abgelegt. Langsam entfernt er sich vom Sarg, der still und sehr einsam unter dem silbernen Flugzeug stehenbleibt.

»Wiedersehen, Cyril«, sagt er leise und läuft los. Am Ende der Betonfläche sieht er sich ein letztes Mal um. Das Flugzeug, der Sarg. Der steht da, ein schmales Holzding, niemand dabei, Cyril darin. Er öffnet den Mund, um etwas zu einem Mann mit einer Schirmmütze zu sagen, doch heraus quellen lange, wollene Fäden, keine Worte, keine Botschaft. Eine entsetzliche Trockenheit hängt auf seiner Zunge, zwischen den Zähnen. Ohnmächtig schaut er auf den Mann, auf den Sarg, auf den Leichnam, den er durch das Holz darin liegen sieht. Die Schritte, die er jetzt macht, rückwärts, dauern lang. Von jedem Stein muß er sich von neuem wegziehen, doch niemand geht zum Sarg hin. Und die Piloten, sind die noch nicht aus dem Flugzeug gestiegen? Wer soll sich um Cyril kümmern? Er macht drei, vier schnelle Schritte zurück und streckt einen Arm aus, der in der chemischen Wärme hängenbleibt. »Nein«, sagt er, »uh«. Auf dem Rollfeld stehen keine Menschen, nur Flugzeuge. Nicht *ein* Flugzeug geht zum Sarg hin. Da dreht er sich um und rennt zu einem Taxi, die Hand vor dem Mund.

Er läßt sich auf den Rücksitz fallen. Der Fahrer fragt ihn nicht, wo er hinwill, er fährt los in die Stadt. Noch einmal schaut er durch Tränen, durch Wasser auf den totenstill auf dem Beton stehenden Sarg. Dann schneidet eine Straßenbiegung auch das ab, und eine neue Schuld hat sich in ihn gedrängt, jagt ihn, zusammen mit den anderen, und in welchen Gebieten.

Landschaft, Landschaft, er schließt die Augen. Als sie in die Stadt kommen, die er nicht sehen will, läßt er sich zum Estación de Francia bringen. Der richtige Schalter, Países Extranjeros, ist geschlossen. Cerrado. Mühsam bewegt er sich durch die geschwollene Kühle und geht zur Information, informaciones RENFE. Red Española de Ferrocarriles Reales. Oder Reunidos? Morgen erst kann er eine Fahrkarte kaufen, a los ocho de la mañana. Seguro? Sí, hombre, sí! Aber er weiß, daß er morgen nicht fahren wird. Ich traue mich nicht in den Zug, ich falle heraus. Ein anderes Taxi bringt ihn zu einem Hotel, Schramm hat ihm den Namen gegeben. Es liegt irgendwo hinter den Ramblas. Er gibt sein Gepäck ab und geht gleich danach in die Stadt. Liegen, sitzen, das geht nicht mehr. Die ganze Zeit denkt er an Cyril, dann an sie, an sie auf dieser Insel, die näher liegt als die Niederlande, und wo er hin will. Er nimmt sich vor, am nächsten Tag zurückzufahren, was immer sie dort auch sagen mögen. Scheu und nervös bewegt er sich durch die Ouvertüren seines Todes, denn an diesem Nachmittag ist es? Er streift kreuz und quer durch die Stadt, geht zu dem Park hoch in den Hügeln, liegt unter Bäumen, doch die alte Unruhe und eine neue jagen ihn immer wieder hoch, eilig über Gartenwege dahinschlurfend wiederholt er seinen Entschluß, tausendmal wie bei einer Gebetsmühle, morgen fahre ich zurück auf die Insel, dann werde ich arbeiten. Aber er muß es immer wieder von neuem sagen, um es nicht zu vergessen, denn Bilder der Todesangst und langatmige englische Sätze bilden sich in seinem Kopf, Sätze, die die Angst freisetzen wie Formeln, jedoch zu nichts führen und ihn wieder ausliefern: »Now he himself was never ... Therefore he would remember, this sophisticated, fisticated, never in united, what? Brr, and in the sweet mountains«, jemand bittet ihn um Feuer, und beschämt fragt er sich, ob der Mann ihn wohl für verrückt hält, weil er laut mit sich selbst spricht. Oder spricht er nicht laut mit sich selbst? Oder ist er verrückt? Tief einatmen.

Kühle Luft weht von den Bäumen her. Es wird Abend, gleich wird es Abend. Dann muß er zu Bett. Er will nicht. Dann wird es draußen dunkel, dann siegt das Spukbild drinnen. Er zieht die Luft pfeifend ein und bläst sie wieder aus, das Böse geht mit, das, was ihn bedroht hat ... er gibt es zurück ... Erst als es wirklich dunkel wird, nimmt er ein Taxi zurück in die Stadt.

21

Welch einen Wirrwarr von Lügen und Betrug habe ich da geschaffen ... und wie stark tritt er daraus hervor! Beim Schreiben hat er mich eingeholt, dieses Buch war seine Konzeption, meine schwächeren Nerven, meine geringere Fähigkeit zum Extremen, zu dem, was er Leiden nannte, beenden es. Genauso, wie er es vorhergesehen und beabsichtigt hat. Denn immer öfter habe ich mich beim Schreiben der letzten Kapitel gefragt, ob er mich nicht absichtlich auf dieses Gleis rangiert hat: Er fängt ein Buch an über einen Schriftsteller, der über einen Schriftsteller schreibt, der gestorben ist, und der selbst stirbt, bevor er das Buch über den Verstorbenen zu Ende geschrieben hat. Es ist André Steenkamp nicht gelungen, sein Buch zu beenden, aber mit meiner Hilfe schafft er es nun doch, denn er wußte genau, wem er seine Papiere hinterlassen mußte. Das ist natürlich eine etwas drastische Methode, Bücher zu schreiben, doch mit Hilfe von jemandem wie mir ist er nun doch zum Ziel gelangt. Dies sind die letzten Seiten, ich muß ihn jetzt nur noch sterben lassen. Oder nicht? Das Hotelzimmer, in dem es passiert ist, in Barcelona, habe ich aufgesucht. Den Friedhof, auf dem er bestattet ist, ebenfalls, doch sein Grab habe ich nicht gefunden, wollte ich nicht finden, wenngleich ich mit ihm gern über diesen Friedhof spaziert wäre! Schauderhafte Totenklötze, steinerne Aufbewahrungskästen mit Säulen und exkrementfarbenen Engeln. Und in alle Steine ungültig gewordene Namen gemeißelt, die Leichen und vermoderte Lumpen benennen müssen. So vornehm lag er allerdings nicht. Steigen mußte ich, steigen, durch ganze Totenstädte, einen langen Asphaltweg mit schwarzhaarigen Bäumen hinauf bis zu den Leichenregalen, den Mietskasernen. Nicht endende, immer höher in den Himmel krallende Mauerreihen, in kleine Fächer unterteilt. In jedes dieser Fächer hat man einen Toten geschoben, verschwunden hinter den gemalten Worten AQUI DEPOSITO EL CADAVER DE ... hier ist deponiert der Kadaver von André Steenkamp, das wollte ich nicht sehen. Ich habe zuviel mit ihm zu tun gehabt in diesen zwei Jahren, in denen ich in diese paar letzten überspannten Wochen seines Lebens eingedrungen bin. Hat er mich an der Gurgel gepackt? Zweifellos habe ich ihn anders aufgebaut, als er war, diesen Toten, wie auch kein Zweifel daran besteht, daß er stärker war, als ich ihn erscheinen lasse. Er starb zwar an diesem lächerlichen Leben, das er führte, aber er hatte es doch gut im Griff, dieses Buch, bis zum Ende, mich eingeschlossen.

Sein Held sollte (*seine* Aufzeichnungen) wie Louis Couperus' Heldin Eline Vere sterben. Ich gebe zu, daß ich das nicht geschafft habe. Ich hatte bereits einen toten Cyril, er wurde zuviel, außerdem war klar, daß er bereits zerstört war. Doch selbst wenn ich es gewollt hätte, wäre es mir nicht gelungen. Eline Vere...

»Se in tanto affa...a...a...anno!« murmelte sie, fast weinend, in schmerzlichen Kadenzen, und das Seelenleid nahm zu, sie schrie höher und höher in ansteigenden Phrasen: Non son degna di pietà!

Sie erschrak heftig, entsetzt über das durchdringende, gellende Geräusch ihrer gebrochenen Stimme, und sie warf ihr Bettlaken von sich und setzte sich zitternd auf. Sie schluchzte, aber lachte zugleich, lachte sich selbst aus. Wenn sie sich so erregte, würde sie nie schlafen. Brüsk warf sie sich auf das unordentliche Bett und schloß die Augen. Doch der Schlaf kam nicht.

O Gott! stöhnte sie. Gott! Laß mich schlafen, ich flehe dich an, laß mich schlafen. Und sie weinte bitterlich, unaufhörlich. Da schoß ihr ein Gedanke durch den Kopf. Wenn sie noch einige Tropfen mehr tränke, als der Arzt aus Brüssel ihr verschrieben hatte?«

Was hätte ich damit anfangen sollen? Dies abschreiben oder andere Passagen, und ihn hineinmalen, heroisch? Mir ist die Art, wie er starb, immer zuwider gewesen. Wenn du dir deiner Sache so sicher bist, mußt du das Schicksal ins Spiel bringen, Flugzeuge abstürzen lassen, betrunkene Autofahrer oder Lawinen zu dir locken, und so weiter. Nicht dieses unentwirrbare Schattenspiel in schummrigen Hotelzimmern. Ein belangloses Leben, habe ich eingangs gesagt, und eine Liebe, oder was das auch war, die dieses Leben auspusten konnte. War es so? Weiß ich es jetzt, da ich am Ende meiner Konstruktion angelangt bin? Was soll ich sagen... jetzt, wo ich bei diesen Seiten angelangt bin, ist es plötzlich so, als müßte *ich* Rechenschaft über seinen Tod ablegen. Doch das war nie meine Absicht. Diesen Tod hat es gegeben, *ihn* mußte ich dem vorausgehen lassen. Ich brauchte doch nicht zu sagen, wer er war? Jedenfalls würde alles, was ich in diese Richtung hätte versuchen wollen, eine schlimmere Lüge werden, aber ich will es gar nicht versuchen, ich will ihn loswerden. Der Ritter ist gestorben. Natürlich weiß ich, wie, dieses bleichsüchtige Gesicht zur umwölkten Decke eines Hotelzimmers erhoben, ein betäubender, dahintreibender Tod, ein Schlaf, den ich mir nicht einmal genußlos vorstelle, denn endlich passierte etwas, es fing an zu stimmen, wie auch immer. Daß er in diesem Moment eigentlich hätte geboren werden müssen, kann unmöglich zu ihm durchgedrungen sein, er war zu sehr damit beschäftigt, den Spaten der Totengräber zu lauschen. Also habe ich ihn sterben lassen, ist er gestorben. Den Rest müssen andere übernehmen. Was ich auch versuchen würde, ich würde immer wieder dasselbe Buch schreiben. Warum? Weil dieses nicht zu Ende ist. Es ist nicht zu Ende, er ist nicht *tot*. Er spukt noch in seinen Papieren herum, ein Blinder, der sich selber nicht sieht. Er hat sich nicht wiedererkannt, ich habe keinen Spiegel für ihn gemacht. Noch immer kennt er sich nicht und weigert sich, sich töten zu lassen, weigert sich, sich ins Land der Helden schicken zu lassen. Aber ich habe meine Pflicht getan. Nun, da ich am Ende bin, bleibt mir nichts als Angst und Widerwillen, vielleicht sogar Haß. Und auch wenn ich tausendmal das Wort Ende daruntersetzte, es ist nicht zu Ende. Der Titel ist eine Mitteilung, keine Wirklichkeit.

Natürlich, er ist tot. Aber so hieß sein Buch nun einmal nicht. Ich hatte ihn sterben zu lassen. Statt dessen jage ich ihn in sein Hotel, ermorde ihn, knalle den Deckel seines Sarges zu! Es ist mir nicht gelungen. Ich weiß nicht, wer er war.

Also, lieber Freund, laß einen anderen dich in deinem Tode ausschmücken. Er darf von diesen Papieren nehmen, was er will. Kümmere dich also nicht mehr um mich, laß mich in Ruhe. Belästige »sie« oder deine Freunde North und Schramm oder spuke mit Cyril auf dieser Insel herum, auf die du, mehr als irgend ein anderer, gehörtest. Ich will nicht mehr. Ich befreie mich aus deiner tödlichen Umarmung und lege dich hin. Es ist nicht geschehen. Ich bin derjenige, der flieht.

AQUI DEPOSITO EL CADAVER DE
ANDRE STEENKAMP